湊祥

ポプラ文庫ピュアフル

contents

星を見る度に、性懲りもなく考えてしまう。

君が余命百食なんていう、悪魔のような病に侵されていなければ。

自分たちには、もっと別な日々があったんだろうなって。

人を振り回すのが生き甲斐の君は、腰が重い俺をいろいろな場所に誘うのだろう。水族館だったり、プラネタリウムだったり、映画だったり、近所の公園だったり。

そして食事の度に、食べることが大好きな君は「おいしいね！」と俺に微笑みかけて。

俺は照れくさくて、「うん」なんて短く返事をするのだ。

そんな風に何年か毎日を過ごしてから、具体的にふたりの将来を考え始めて。子供は何人欲しいだの、名前はどうするかだの、くすぐったい感情を抱きながら幸せな会話をして。

遠い未来、すっかり髪を白くして肩を並べる自分たちの姿をぼんやりと思い描くのだ。

そう、自分たちの人生が今後数十年続くと信じて疑わない、世の中の大多数の恋人たちのように。

しかし君が死神に魅入られていなかったとしても、そんな幸福は決して訪れなかったと思い出し、俺の現実逃避は無慈悲に終焉を迎える。

もうすぐ死ぬ君と、死にぞこないの俺。

そんなふたりじゃなければ、俺たちは決して出会うことなどなかったのだから。

——あの日、流星のように君が消えるのを、俺は見届ける運命だったのだ。

あと九十二食

「お待たせしました、生しらす丼です」

店員の女性が置いたどんぶりの中には、透き通った灰色のしらすがてんこ盛りになっていた。

艶やかに輝くしらすの食感を想像しながら、俺は割り箸をふたつに割る。口に運んだ生しらすは、ぷりぷりとした歯ごたえがあり、少し苦みがあり、だけど甘かった。

なるほど、これはなかなかない食感と味だ。休日にはこの生しらす丼を求めて行列が出来るという話も頷ける。

十一月中旬のこの時期は、生しらすが獲れない日もあるとネットには書いてあったけれど。今日はラッキーな日だったらしい。

窓の外の海を見ながら、ぼんやりと俺は思う。少し早めの夕食だったが、もう海面は橙色に染まっていた。

いつの間にか日が落ちるのがとても早くなっている。俺のメンタルなどお構いなしに移りゆく季節に、ここ数か月間常に抱いている焦燥感が、さらに強くなった。

三月に、俺はある事故に遭い、命にかかわる重傷を負った。それからもう八か月余り経ち、怪我は全快、後遺症もない。

……いや。心の方はまだまったく回復していなかった。

事故がきっかけで俺はすっかり腑抜けになってしまったのだ。

その結果、体を駆使する職だったにもかかわらず、汗すら流すことなく漫然と日々を過ごしている。

このままではいけないと奮起することもあったが、次の瞬間には、死がすぐ側まで迫っていたあの時の感覚が鮮明に蘇る。

そうなるともう、恐怖に全身が支配され、俺はまたいくじなしと化してしまうのだった。

そんな風に魂が抜けた状態の俺の中に、ひとつだけ残っていたものがあった。それは、食べることへの楽しみ。

体を動かしてばかりだったためか、小さい頃から食べることが大好きだった。小学生の頃には、すでに成人男性の二人前は軽く平らげていたと思う。

その割に、身長は百六十七センチとそこまで伸びなかったし、体重も軽い方だが。まあたぶん、食事で得たエネルギーのほとんどを日々の練習で消費していたのだろう。

習慣になってしまってどうしてもやめられない軽い筋トレとストレッチ以外は、ここ数か月間ほとんど体を動かしていない。

しかし腑抜けてからまだ一年も経っていないせいか体はまだ衰えていないようで、以前と食べる量はほとんど変わっていなかった。

だからなのか、事故の前と変わらず今日も飯はうまい。今の俺は、なにも生み出していない存在に成り下がってしまったというのに。

まあ、スポーツで好成績を収めたからといって、なにかを生み出しているわけではないのかもしれないが。

そういうわけで俺が唯一興味を失わなかった食だが、おいしい物を食べたいという気はあっても、自分でレベルの高いメニューが置いてある店を開拓するほどの気概はなかった。

だから、ネットで見つけたグルメブログで紹介している店をただ巡っていた。

『りーのおいしい日記』という、おそらく若い女性が記事を綴っているブログだ。

検索して適当に選んだつもりのブログだったが、紹介された店を何軒か訪れたら、一店たりともはずれがなかった。

よくよくブログ内の記事を見ると、写真の撮り方は鮮やかで料理はおいしそうに見えた。それにグルメブログにありがちな、俺にとっては余計な筆者のプライベートエピソードは一切綴られておらず、料理の特徴だけ書いてあってとても読みやすかった。

いつの間にか、『りーのおいしい日記』は俺の最近の行動の指針になっていたのだ。

そして、なによりこのブログのいいところは。

『あー、おいしかった。ごちそうさまでした』

すべての記事が、その言葉で締めくくられているところだ。

料理人に対するリスペクトと、筆者が心から料理を味わっていることが感じられて、とても気分のいい言葉だった。

俺は昨日から、ブログ内で数か月前に紹介されていた『鎌倉のおいしい店ベスト3』を巡っていた。

昨晩は三位の貝料理の店に。今日の昼食には、湘南バーガーというしらすとさつま揚げが入ったハンバーガーが人気の店に。

そして今日の夕食に、生しらす丼が至高だとブログ内で一位に輝いていた店を訪れた俺だったのだが。

——また、あの女性がいる。

昨晩の三位の店にも、そして昼食の二位の店にも、その女性はいた。つまり、俺と三食とも店が被っているということになる。

　年齢は俺と同じくらいだろう。抜けるような白い肌はとても滑らかそうで、すっと通った鼻筋は映画の中の女優のように美しい。また、猫を思わせる大きく切れ長な双眸は、好奇心旺盛そうに光っていた。

　静止画ならただの美人。しかし三位の店でも二位の店でも、そして今日ここでも、彼女は大口を開けて、満面の笑みを浮かべて料理を味わっている。そのため、動の彼女は快活で健康そうな印象が強かった。

　しかしとても綺麗な食べ方をするので、下品な印象はまったくない。まるで食品のCMでも見せられているかのような、小気味よさを覚える。

　——俺と同じブログを見ているんだろうな。

　三回も店が被ったのだから、おそらくそうなのだろう。

　しかしあのブログには数十もの記事があったはずだ。その中のたったひとつの記事の店に同じタイミングで来店したとなると、なかなかの奇跡である。

　妙に気になって、生しらす丼を食べながらもつい彼女の方を見てしまう。

　俺が座っているテーブル席から、ひとつ無人のテーブルを挟んだ先に、彼女がいるテーブルがあった。昨日見かけた時と同様で、相変わらずおいしそうに彼女は生しらす丼を味わっていた。

服装はオーバーサイズのパーカーにスキニーパンツ、ニット帽というカジュアルな恰好だった。しかしサイズ感が絶妙でこなれた印象があり、センスのよさを感じる。

俺が食べ終わると、彼女もちょうど完食した。

「あー、おいしかった。ごちそうさまでした」

と、手を合わせて笑顔で彼女は言った。

そういえば、二位の店でも三位の店でも同じことをやっていた覚えがある。連れもいないというのに。

――待てよ。その言葉って。

『りーのおいしい日記』の、記事の締めくくりの言葉じゃん……と俺が思っていると。

はたと、彼女と目が合った。そしてなぜかそのまま、彼女は俺を観察するかのように目を細めてじっと見てくる。

俺は気まずくなって目を逸らす。すると、なんと彼女は席を立ち、俺の方へとやってきたのだった。

「ねえねえ、お兄さん」

声をかけられたので、仕方なく俺は再び彼女に顔を向ける。

遠目で見ると美人だったが、近くで大きな瞳を直視すると、きれい系よりもかわいい系に思えた。

「……なに？」

「あのさ、もしかして『りーのおいしい日記』の『鎌倉ベスト3』の記事を見て、お店巡ってない？」

初対面だというのに、人懐っこそうな笑みを浮かべて馴れ馴れしい感じで話してくる。しかし不思議と嫌な印象は受けなかった。

初めて話す人間に対して、よくそんなに微笑みかけられるなあと俺は思った。

「……うん」

俺が頷くと、彼女はパッと顔を輝かせた。まるで目の前で蕾が開いて花でも咲いたかのように、眩しかった。

「あ、やっぱり!?　あは、嬉しいなー」

「なんで？」

「だってあれ書いてるの、私だから」

「……え。マジ？」

驚いた。ブログの記事と同じ言葉を言っているとさっき気付いてはいたが、まさか本人だったとは。

彼女は俺の向かいの席に座った。そして頬杖をついて、無遠慮に俺を見つめてくる。

「ね、何歳？　仕事は？」

「二十一歳。……無職」

真っすぐに視線を重ねられた上で問われたので、スルー出来ずに答えてしまう俺。

だが、咄嗟に適当な嘘が出てしまった。

スノーボードのハーフパイプでそこそこの成績を残している俺だが、一般的な知名度はそんなに高くない。ハーフパイプにはもっと有名な日本人選手がいるため、どうしてもメディアはその人中心の報道になるからだ。だから俺のことなんて知らない人の方が多い。

俺の職業を尋ねてくるくらいだから、彼女は俺の素性は知らないはず。そんな相手に、わざわざ身分を明かしたくなかった。

それに、飛べなくなったハーフパイプの選手なんて、無職と同じようなものだろうし。

「じゃあ私の一つ下だ。童顔だからもっと年下かもって思ってたんだけど。……って、無職なの!?　やったー！」

「なんでそこで喜ぶの」

まるで意味が分からない。

「だってその方が都合がよくってさ」

「どういうこと？」

「ね、私のブログを追ってくれてたんなら、きっとめっちゃ食の趣味が合うよね、私たち」

俺の問いかけには答えず、前のめりになって少し興奮した様子で彼女は言う。人の話をあまり聞かない性質のようだ。

……苦手なタイプだ。

「まあ、そうかもね」

「しかもなんだか人畜無害そうな顔をしてるし。……君がいいなあ、やっぱり」

相変わらず俺が無職なこと（本当は違うけれど）に喜んだ意味は分からなかったし、「君がいいなあ」もなんのことなのか見当もつかない。

それはさておき、「人畜無害そう」というひと言は意外だった。競技をやっていた頃の俺は、目つきが鋭くて近寄りがたいとよく人に言われていたから。

きっと俺は今、顔つきまで腑抜けになっているのだろう。

「……君がいいなあって、なんの話？」

「あ、うん。私の旅の連れにだよ。君、性格もドライそうだし、気楽に一緒にいられそうでいいなあって」

俺の問いに今度はしっかり回答してくれたけれど、ますます頭が混乱した。

「旅の連れ？」

「うん。私とおいしい物を巡る旅に出ようよ。一緒にさ」

「旅……？」

「うん。期間は一か月くらいで。私と一緒に、おいしい物をひたすら食べに行ってくれない？」

「……え。意味が分からない。普通に無理だけど」

目を輝かせて提案してくる彼女だったけれど、俺は眉をひそめてにべもなく言い放つ。

本当に意味が分からなかった。なんで初対面の俺にそんなことを頼んでくるのだ。

そもそも俺は余計なことを考えたくなくて、ただブログに紹介された店を巡っている。静かにぼんやりと、過ごしたいのだ。テンションが高そうなこんな女性との旅なんて正直御免である。ってか、新手の詐欺なんじゃないかと疑ってしまった。

　すると彼女は眉尻を下げて、とても情けない顔をした。

「えー、そんな簡単に断らないでよ！　ね、ちょっとでいいから私の話聞いて～」

　俺に手を伸ばして、食い下がってくる。正直、わりと見た目は好みだったし、女の子にお願いされるのも悪い気はしない。

　だけど無理なものは無理だ。

「……もう店出るから」

　これ以上懇願されても、決意は変わらない。さっさと撒きたくて、俺は立ち上がろうとした。

「わーわー、お願いだからちょっとだけ。ちょっとだけだから！　このあとの私の話を聞いてそれでも断るんなら、もう諦めるからっ」

　そこまで言うのなら、話を聞くくらいいいか……と、俺は立ち上がりかけたのをやめた。もちろん、こんなよく分からない頼みなど拒否する気しかなかったけれど。

「よかったー！　話は聞いてくれるんだね」

「聞くだけだけど」

　短く俺が言うと、彼女はにんまりと笑う。

「ふふ。でも君が簡単に断れなくなっちゃうこと、間違いなしだよ」

「そういうのいいから、もう早く言って」

「せっかちだなあ。分かったよもう。私さ、余命百食なんだ」

「……え」

元気そうな彼女のイメージからはかけ離れた、「余命」という単語がその口から飛び出してきて、俺は固まってしまった。

「だからさ、あと百回……あ、もう九十二回か。あと九十二回食事をしたら、私死んじゃうんだよね」

のほほんと、相変わらず笑みを浮かべたまま言う。死という言葉を放った顔とは思えないほどに能天気そうに。

——余命百食。

詳しくは俺も知らない。だけど近年発見された新種の奇病とかで、度々ニュースで取りざたされていた記憶はある。

たしか食事をするたびに、余命指数とかいう俗称がつけられた体内の値が減っていき、それがゼロになると体の機能が停止して死に至るという、妙な病。

治療法は今のところないらしく、患者はただ食事をして死を待つしかないんだとか。

患者が初期症状を訴えてから検査をし、病気が発覚した頃には大体もう残り百食程度しか食事が出来ないタイミングらしいから、「余命百食」という俗称になったとどこかで聞いた気はする。

余命百食になってしまったら残りの食事でなにを食べるか――。余命百食を患って亡くなった著名人がいた時に、そんな話題がＳＮＳに溢れていた覚えもある。

「あ、嘘だろって思ってるでしょ？」

「……うん」

俺は頷く。

だって、あまりにも彼女は快活で、まるで死の影がない。あと百食しか食事が出来ない人間が、こんなに元気なはずがあるだろうか。

――死ぬのは怖いことだ。俺は死んだことはないけれど、もうすぐ死ぬところだった。だから他の人よりもそれに対する恐怖心が強いはずだ。

そしてその結果、俺はなにも出来なくなってしまった。それまで人生のすべてをかけて挑んでいた、スノーボードですら。

「残念ながら嘘じゃないんだな。これが証拠です」

彼女は持っていたリュックの中から、クリアファイルを取り出した。

中に挟まれていたのは、難病指定やら検査結果やらがタイトルの、びっしりと文字で埋まっている書類だった。

医療のことはまったく詳しくないが、小難しいことが書かれている上に大学病院の角印が捺された紙は、とてもリアルだった。

「この病気にかかったからにはさ。あと百食、私はおいしい物だけを食べて死のうって決めたんだ。あー、おいしかった、もう悔いはないって思って死にたいの」

愕然としてなにも言葉を発せられない俺に向かって、彼女は相変わらず気楽に言う。

「……なるほど」

やっとのことでそれだけ言えた俺。

理屈では分かる。

……分かるけど。

百回食事をしたあとに死ぬと分かっているのに、普通そんな風に楽しもうという思考になれるだろうか。

「でもさ、ひとりで食べててもなんだかつまんなくてさ。誰かと感想とか言い合いたいじゃん、やっぱり。『これおいしいね』って。だから、旅のお供が欲しかったんだ」

「……なんでそれが見知らぬ俺なの。家族とか、友達とかは」

やっぱりまだ彼女の話は信じられない。余命百食がそもそも本当なのかどうかすら。

それに、もし本当だとして最後の旅なのだから、気心の知れた人間と共にするのが普通なんじゃないか、と思う。

「だって、家族とか友達とかがこのことを知ったら悲しんじゃうじゃん。そんな人とはおいしく食事が出来ないよ。だから今まで関わりがなかった人がいいの。私に思い入れがない人がさ」

納得出来るような出来ないような。俺だったら最後は家族とか友達とか……恋人といたいと思うが。

今は恋人なんていないけれど。

「……いや。正直、初対面の俺が背負うには重すぎる」

素直に思ったことを俺は言う。

今はたしかに彼女の名前も知らないし、変な奴だな以外なんの感情もない。もし明日彼女が死んだところで、少し胸が痛むくらいだろう。

だけどもし、一緒に旅に出たとしたら。いくら気が合わなかったとしても、何日も一緒に時を過ごした人間が死んだら、やっぱりそれなりに悲しく思うはずだ。

「だからべつになにも背負わなくていいよ。ただ私と一緒においしい物食べてくれればさー。死ぬ時一緒にいるのがきついって話なら、残り三食くらいになったらお別れしてくれればいいし？」

明るい声音で無茶なことを言う。

そんな簡単に割り切れるわけないだろ。

「いや。たくさん一緒に食事した子が死んじゃうなんて、引きずるからマジ」

「そこをなんとか！　死にゆく可憐な乙女の最後の頼みだよ⁉」

「……ごめんやっぱ無理」

俺が断ったら彼女は孤独に死んでいくのだろうか。……と、気にならなかったわけではない。

だけどやっぱり、会ったばかりの俺が彼女の最後の旅に付き合う義理はどう考えてもない。

俺が断ったあと、彼女は顔をしかめて不愉快さを露にした。

——そして。

「ちぇっ。つまんないの」

頰を膨らませて、無邪気に毒づく。まるでねだったおもちゃを買ってもらえなかった子供のように。とても残念そうな、面持ちで。

その顔を見た瞬間、俺の感情が動かされた。

相変わらず、彼女からはまったく死の香りがしない。

彼女の今の表情は「あーあ。おいしい物を誰かと共有出来なくて残念だなあ」と思っているようにしか、見えなかった。

──そもそも、余命百食ってこと自体が虚偽なのかもしれない。

その可能性はもちろん残っているけれど。もし、本当だったとしたら。本当にあと九十二回食事をしたら彼女が死ぬんだとしたら。

なぜそんな顔をしていられるのだろう。最後なんだから食事を楽しもうという前向きな気持ちになれるのだろう。

──死ぬのが怖くないのか？　どうして恐怖心を抱かずにいられる？

俺はどうしても、それが知りたくなってしまった。

「分かった。いいよ」

「……え？」

終始お断りの方向だった俺が急に受け入れたことに、彼女は気持ちがついていっていないようだった。

「だから、いいよって。虚を衝かれたような面持ちをしている。おいしい物を食べる旅、俺が付き合う」

「えー、ほんと!?　めっちゃ嫌がってたのになんで!?」

「……べつに、なんとなく」

「なんとなく!? ま、いっか! やったー」

両手を突き上げて、大喜びをする彼女。そして満面の笑みを浮かべてこう言った。

「そういえば自己紹介してなかったね。私は咲村梨依。よろしく!」

「俺は室崎凍夜」

うっかり本名を言ってしまい、しまったと思った。

しかし彼女――梨依は俺の名前に心当たりがないらしく「凍夜くんね!」と明るい声で言う。あまりスポーツには興味のない人のようで、俺は安堵した。

しかし本当に、我ながらなにをしているんだと思う。

スノーボードのことしか考えていない頃の俺だったら、得体の知れないこんな女性と関わるなんてありえないことだ。

生まれながらの陽キャである双子の弟、雪翔ならともかく、俺は元々そんなに人付き合いのいい方でもないし。

それにもしかしたら、やっぱり詐欺なのかもしれない。手の込んだ美人局的な。

――だけど俺はどうしても気になってしまったのだ。もし詐欺だったとしても、それならそれでもはや構わない。もし彼女の話が本当だったら――という可能性に賭けたかったのだ。

確実な死が約束されているにもかかわらず、なぜそんな風に楽しみを見出せるのか。むしろ死があるからこそ、吹っ切れるのだろうか。

俺は九死に一生を得てからというもの、死ぬのが怖くてたまらない。梨依のように死が約束されたわけでもないのに、いまだにあの瞬間を思い出すたびに血の気が引いてしまう。

しかしスポンサーとの契約もあるし、俺はもうすぐ始まる今シーズン中には復帰しなくてはならなかった。

だけどどうしても恐ろしくて、スノーボードのことを考えたくなかった。後回しにしていた。

――だから、知りたかった。

君を見ていれば、俺がこの恐怖心を克服するためのなにかが分かるんじゃないかって思った。

俺は藁にでも縋る思いで、余命百食の彼女の笑顔に、自分の今後のすべてを託したのだ。

生しらす丼の店で梨依と別れたあと、俺は鎌倉駅近くをうろつきながら、今晩泊まるホテルを捜していた。

余命間近だと言い張る梨依と出会った影響だろうか。歩き回る頭の中には、人生の中でもっとも自分の命が危うかった、あの時の出来事が鮮明に蘇っていた。

そう。あれは今年の三月のことだ。

スノーボードという競技には、転倒がつきものだ。

だから今回だってその例に漏れない。言葉を話すよりも前からスノーボードで滑っていた俺が、何百回も経験済みのよくある転び方だ。

着地に失敗し、背中からハーフパイプの底面、ボトムへと落下した俺は、単純にそう思った。

まだ三回あるうちの二回目のＲＵＮの途中だった。すぐに起き上がって苦笑いでも浮かべ、パイプの下まで滑降して三回目のＲＵＮのことでも考えようとした。

——だけど。

起き上がれない。体に力が入らない。そういえば、いつもよりも背中に感じた衝撃が重かった気がする。右足がじわじわと痛んできた。

それでも必死に立とうとしたら、ゴホッという重い咳が出た。すると、横向きになっていた俺の顔の近くの雪が深紅に彩られた。なんでそんな色になっているのか、瞬時には理解出来ない。

「Bring a stretcher!（担架を持ってこい！）」

「Call an ambulance!（救急車を呼んで！）」

そんな英語が、俺の近くを飛び交っていた。英語がそんなに得意なわけではないけれど、さすがにその意味くらいはすぐに分かった。

――おい待てよ。そんなんじゃないって。もうすぐ起き上がるから、みんな落ち着いてくれよ。

そう言いたいけれど、なぜかうまく口が回らない。

そもそも、ここはアメリカのコロラド州だ。ハーフパイプのXゲームズという国際大会が行われている、極寒の雪山。

日本語でそんなことを言ってもなにも意味がない。……とはいっても、俺の英語力じゃそんな英文はすぐに思いつかなかった。

なの。

「凍夜っ……」

俺と一緒に出場していた弟の雪翔が、泣きそうな顔で駆け寄ってきた。

——おい、雪翔。お前の滑走順、次じゃん。パイプの中なんかに入ってきて大丈夫

そんなことを思いつつも、俺は雪翔にこう言った。

「……大丈夫。もう一回、滑……る……」

その自分の声が、とても掠れていてあまりにも脆弱で。俺は驚いてしまった。

その時初めて俺は、自分が救急車で運ばれるほどの重傷で、血をそこら中に撒き散らしていることに気付いたのだった。

同時に、視界がどんどん黒ずんでくる。俺の名を呼ぶ雪翔の声が遠くなっていった。五感のすべてが徐々に失われていく。

そこでふとぼんやりと、俺は気付いた。ああ。きっと俺は今から死ぬのだな、と。

しかし、俺は死ななかった。二日後に目覚めた俺に告げられたのは、内臓と右ひざの靭帯の損傷という、全治二か月の重傷を負ったことだった。

俺を診察したアメリカ人の医師は、俺にこう告げた。

「打ち所が悪ければ、内臓が破裂して死んでたよ。君はとんでもないラッキーガイだ」

――なにがラッキーだよ。今シーズンを全部ふいにするような怪我を負ったっていうのに。

Xゲームズが行われたのは一月の中旬で、スノーボードでいえばまだシーズンの序盤だった。

全治二か月ということは、リハビリ期間を考えると少なくとも三か月は競技には復帰出来ない。

三月末まで大会が詰まっているのに、俺はそのすべてに出場出来なくなってしまったのだ。

だが腐っていても仕方がない。俺は医者も驚くほどの驚異的なスピードで怪我を治し、調子をみながら懸命にリハビリにも取り組んだ。

そして、あの転倒から二か月が経ち、「無理しない程度なら練習してＯＫ」という医者の許可をもらった。三月末の大会になんとか出場したかった俺は、焦燥感に駆られながら久しぶりにハーフパイプへとやってきた。

パイプの頂上の水平部分――デッキに立ち、スノーボードのバインディングを取り付ける。

――二か月ぶりだし、まずは軽く流して滑ろう。

そう思って、俺はスノーボードを滑らせてパイプの縁――リップからドロップインしようとした。

しかし。

リップからパイプの底面が見えた瞬間、心臓が誰かに握りつぶされたかのように激しく痛んだ。背筋が凍りつく。腹の底から強い吐き気が込み上げてきた。

ドロップインする直前に、俺はその場で尻もちをついてしまった。足が、手が、小刻みに震えている。

その時頭に蘇ったのは、あの時の感覚だった。――ああ。きっと俺は今から死ぬのだなと悟った時の、五感が失われていくあの感覚。

「凍夜……？」

一緒に滑りに来ていた雪翔が、俺の様子に気付いて心配そうな声を漏らす。

俺が怪我を治している間、当然ながら雪翔は大会に出場し続けていた。しかも、去年よりも好成績を収めていた。

嫉妬や悔しさといった、負の感情を俺は雪翔に抱いていた。遅れた分なんてすぐに取り返してやると意気込んでいた。

——そう、たった一瞬前までは。

そんな不屈の精神は今の俺にはない。代わりに俺を支配していたのは、死へ向かいそうになっていたあの時の感覚。死に対する底知れない恐怖心。

「……ごめん。今日は調子悪い。やっぱ帰るわ」

そんな怯懦な自分を雪翔に悟られないように、俺はすっくと立ち上がると、必死に平静を装ってそう言った。

「え、実はまだ怪我が治ってないとか？」

「そんなんじゃないけど。……気分の問題」

そう言うと俺は、スノーボードを脱いで抱え、雪翔に背を向けて歩き出した。まだ雪翔は俺になにかを尋ねていたが、聞こえないふりをして足を進めた。

そのシーズン、俺はついにスキー場には行かなかった。……いや、行けなかったのだ。

飛ぶことの出来なくなってしまったハーフパイプのライダーが、そんな場所に行ってもなんの意味もないのだから。

一連の出来事をあまりに明瞭に思い出してしまったせいか、息が荒くなった。

――落ち着け。俺は生きている。

そう自分に言い聞かせながら深呼吸をする。

ちょうど目の先に、それなりに綺麗だがあまり高級そうでない、ちょうどいい感じのビジネスホテルがあったので、とりあえず俺はチェックインすることにした。江の島には車で来たから、駐車場を探さなければならなかったのだが、ホテルに宿泊者無料の駐車場があったため、助かった。

都内に単身者用のアパートを借りているので帰ってもよかったが、梨依と明日この近くの店で朝食を一緒に食べる約束をしたので、江の島近辺にとどまった方が都合がよかったのだ。

都内で行われるメディアの取材対応やスポンサー回りの際に、なにかと不便だからと契約したアパートは、例年なら時々泊まるだけだったが、なるべく家族に会いたくない今年は大いに役立っていた。

ハーフパイプにドロップイン出来ない体になってからは、俺は一度も北陸にある実家には戻っていないし、雪翔とも会っていないのだった。

　元々、オフトレの時期は沖縄でサーフィンをしたり、海外のスケートボードパークを巡ったりしていたから、帰省しなくてもそんなに不自然ではない。だから両親は特に怪しんでいない。……雪翔は怪しんでいるが。

　当初、雪翔は「凍夜、どうしたの？」とか、「スケートボードしに行こうよ」とか言ってはやたらと俺に構ってきたが、そのうちなにかを察したのか、頻度は減っていった。

　それでもたまに、連絡をよこしてくるが。

　近頃の俺は、『りーのおいしい日記』に書かれた店で食事をし、夜はアパートに帰るか、店の近くのホテルに泊まるというやり方で、関東圏を放浪していたのだった。

　幸いなことに、国際大会で稼いだ賞金やスポンサーとの契約料がたんまりとあったので、金銭面には余裕があった。

　こんな適当な生活をのんびりと送れるくらいには。

　――なにをやっているのだろうと、ひとりになって改めて俺は思う。

　初対面の、余命わずかだと言い張る女と行動を共にするなんて。スノーボードで勝つことだけを考えていた少し前の俺なら、考えられない。腑抜けになってからというもの、人生にこだわりがなくなってしまったのだろう。

ちなみに梨依も、近くのホテルに泊まっているらしい。

彼女は今年就職をして実家を出てひとり暮らしをしていたが、余命宣告された数日後からその自宅には戻っていないんだと言っていた。おいしい店を効率よく巡るために。

死にまつわることで放浪していた、俺たちふたり。奇妙な巡り合わせだ。

部屋でシャワーを浴びたあと、ふと久しぶりにまともに鏡を見た。他人と――しかも一応女性と行動を共にするのだと思ったら、不意に自身の身なりが気になったのだ。

「……やばい」

思わず声が出た。それほどまでに、俺の外見は酷かった。

リハビリ中にかけたツイストパーマは伸びきっていて、アッシュカラーのハイライトも色が落ち、下品な黄色になってしまっている。

前髪は鼻先まであって、わずかな隙間からぎょろりとした瞳が覗いていた。ひげが濃くない体質だったのが不幸中の幸いで、そのおかげでギリギリのラインを保っている……と思う。

だが童顔なこともあいまって、まるで海外のストリートチルドレンのようだった。

——よくこんな俺に声をかけてきたな。

もっと清潔感のあるやつに声をかけろよな。危なっかしい。

だが、身なりに気をつかわないような俺だから、淡々と食事を共にしてくれるだろうと梨依は思ったのかもしれなかった。

しかし、このままではいけない。今までは運よく回避していたようだが、繁華街を歩いたら職務質問待ったなしである。

スマートフォンを取り出して、近くの美容院を検索した。すでに時刻は二十時を回っていたが、幸いなことに二十二時までやっている美容院がすぐ近くにあったので、俺は駆け込んだ。

二時間弱ではパーマをかける時間はなかったので、緩み切ったパーマを生かすカットと、カラーだけやってもらうことにした。

「ピアス、外してもらっていいですか」

施術を開始する前に、美容師が俺にそう尋ねる。ピアスをしていたことすら忘れていた俺は、一瞬ぼんやりしてしまう。

美容院の大きな鏡に映った俺の両耳には、銀色のフープピアスが光っていた。

「……はい、すみません」

　そう言って、俺は両耳のピアスを外す。

　いつからつけっぱなしにしていたのか、もう覚えていない。外したピアスは少し黒ずんでいた。

　ホテルに戻ったら、汚れを拭き取ろう。

　伸びきった髪がざくざくと切られていく。毛先に少しだけ残ったパーマだったが、無造作でスタイリッシュな感じになった。アッシュグレーのカラーも俺の顔色に合っている。

　下調べもせずに入ったわりには、当たりの美容師だった。完成後の髪形を見ながら思う。

　その後、ホテルに戻った俺は「余命百食」とスマートフォンで検索した。いくつかこの病気について書かれている記事を読んだが、大体どれもこんな内容だった。

『初期症状として、食事の数時間後に身もだえするほどの胃の激痛に襲われる。その症状より遺伝子検査が行われ、病気が発覚する。

　食事をするたびに、余命百食指数（病気のメカニズムが判明した時に発見された遺伝子内の数値の俗称）が減っていき、それがゼロになると体の機能が全停止し、死に至るという奇病である。

治療法は現在のところ確立されていない。患者の同意のもと、絶食や流動食などで余命を延ばす実験が行われたこともあったが、摂食嚥下による食事をとらない日が続くとなにも食べなくても値が減るようになってしまい、延命には繋がらなかった。また、絶食したり食事の間隔が空きすぎたりすると患者が激しい腹痛に襲われることも判明している。

しかし、六～八時間の間隔（五時間以上の睡眠を挟んだ場合は十時間～十四時間）で三食をきちんと食べているうちは、患者は健康体である。なお、間食は量や時間にもよるが一食とカウントされてしまう場合があるため、とらないことが推奨されている。

また、アルコールを一定量飲むと酷い腹痛に襲われる。一定量とは、患者の体格や体質にもよるが、アルコール度数五パーセントの酒の場合、一〇〇ミリリットル以上飲むと体に影響を及ぼす可能性が高まる。そのため、料理に調味料程度に使用されるアルコールは問題ないが、飲酒は厳禁である。

健康状態は最後の食事まで良好で、最後の食事をとって睡魔に襲われたあと、眠るように死んでいく。

初期症状のあと、検査をして病気が発覚した時に大体残り百食前後であることが多いため、余命百食という俗称がついた。

この病は生まれつき遺伝子に刻まれているという説があるが、遺伝する病ではなく、感染症でもないので他者にうつることはない。突然変異的に発症する病である。

また、今まで原因不明の突然死とされていた死因の一割が、この病だった可能性が高いとされている。

余命百食を宣告された患者の致死率は一〇〇パーセント。治療法が確立されていない現在では、確実に死をもたらす病である』

余命百食について初めて知った知識もあった。特に驚かされたのは、最後の食事をとるまで患者は健康だということだ。

つまり、今の梨依がとても元気そうでも、なんら不自然ではないということである。

そんなことを考えていたら、なんとなく気分が悪くなって俺はスマートフォンをベッドの隅に投げつける。

そして瞳を閉じて無理やり心を落ち着かせて、眠りについたのだった。

　あくる日。梨依と朝食をとる約束をしていた店に行くために、俺はホテルを出て、鎌倉駅から江ノ島電鉄――江ノ電で稲村ヶ崎駅へと向かった。

　江ノ電の車窓からは、朝日に反射した海がキラキラと眩しく光っているのが見えた。あまりにも明るく爽やかな光景だった。

　余命百食でもうじき命を落とす女のこととか、恐怖のあまりハーフパイプで滑れなくなった男のことなんて、大自然には当然関係ないのだった。

　稲村ヶ崎駅を降りると、鎌倉駅付近よりも潮風が濃かった。まだ冬の始まりくらいの時季だが、海沿いということもあり、頬に染みる強い風は酷く冷たい。相変わらず燦々と太陽の光を反射させる海を横目に数分歩くと、約束の店が見えてきた。

　ヨリドコロという名の店だった。ＴＫＧ――卵かけご飯が人気なのだと、梨依が昨日言っていた。

　卵かけご飯という庶民的な料理を売りにしているのに、洗練された和モダンな外装は、定食屋というよりはカフェと呼んだ方がふさわしい。

　そういえば、ブログの鎌倉の記事の中で「番外編：朝食のおいしい店」として紹介されていた覚えがある。

店の前に到着すると、すでに大きなスーツケースの取っ手を持った梨依が店の前に立っていた。

彼女は俺の顔を見るなり、口をあんぐりと開けた。なぜか大層驚いているようだった。

なにに驚愕しているのか分からない俺が、首を傾げると。

「……髪切った凍夜くん、イケメンじゃん。昨日は髪で顔がほとんど隠れてたから、分からなかったよ」

なぜか口をとがらせて、とても不機嫌そうに梨依は言った。

たしかに、俺を応援してくれる女性ファンは少なからず存在している。スノーボードのスキルだけでなく、一部では凍夜派か、雪翔派かなんて、ＳＮＳでビジュアルについてやり取りしている女性たちもいたのはたしかだ。

二卵性の双子で顔のタイプがまったく違う俺たちは、女性たちからすると好みが分かれるらしい。

まあ、俺がイケメンかどうかはともかく。

もし顔が整っていたとして、なぜ梨依はそれについて不満げなのだろう。一緒に旅をする相手の顔なんて、悪いよりはよい方がいいのではないか。

「なんでそんなに嫌そうなの？」

「……いや、べつに。そんなことないけどさ」

不思議に思って尋ねたけれど、梨依は煮え切らない返事しかしない。

……一体なんなんだ、わけが分からない。

そう思いつつも、梨依がカフェの扉を開けて入店したのでそれに続いた。

「あー、よかった、平日だからそこまで混んでなくて。休日は行列らしいからね」

先ほどの仏頂面はすでに消え失せていて、ご機嫌な様子で梨依は店内を見回す。感情の起伏の激しい奴だなあと思った。きっと、これから食べる卵かけご飯のことで頭がいっぱいなのだろう。

古民家を今風に改装したような、写真映えしそうな内装はとても趣があった。梨依は混んでいないと言ったが、店内の座席はほぼ埋まっている。平日の早朝にしては、とても人が入っていると思う。

テラス席、テーブル席、座敷があったが、座敷しか空いておらず、そこに通される俺たち。

店員に渡されたメニューを俺はとりあえず眺めたが、梨依は見ようとしない。

「メニュー、見ないの」

「だから昨日も言ったじゃん。ここは卵かけご飯の定食が一番人気なんだよ。せっかく来たからには、やっぱり食べるのは一番人気でしょ」

尋ねた俺に、梨依は得意げに答える。

「なるほどたしかに。じゃあ俺もそれにするわ」

「よし決まりね！　あ、すみませーん！」

元気な声で店員を呼んで、定食をこだわり卵付きでふたつ頼む梨依。するとしばらくして、卵の白身が入った器と泡だて器だけ運ばれてきた。

店員の説明によると、先に白身をかき混ぜておいてメレンゲを作り、ご飯が来たらメレンゲをかけてから黄身を上にのせる……というやり方が至高の食べ方なんだとか。

卵かけご飯なんて、適当に作ってもおいしいお手軽料理としか思っていない俺は、少々面倒に思った。

――しかし。

「この手間が、絶品卵かけご飯になる秘訣なのだ」

そんなことを言いながら瞳を輝かせてひたすら白身をかき混ぜる梨依を見ていたら、このひと手間でおいしくなるならたしかに悪くないと思えてきた。

――貪欲においしさを求めるんだな。

まあ、残りの食事回数が少ないのだから、一食一食無駄には出来ないか。

……と考えたら、もう一か月くらいで目の前の女が死ぬかもしれないことを思い出し、少し気持ちが暗くなる。

白身が程よい硬さになった頃、干物、味噌汁、ご飯、黄身が運ばれてきた。黄身はとても濃いオレンジ色をしていて、それだけで濃厚さが想像出来た。

メレンゲ状態になった白身をご飯にかけてから、黄身をのせて箸で膜に穴を開け、醤油をたらす。

待ちに待った、絶品卵かけご飯の味は──。

「……うまい」

ひと口味わった瞬間、自然と言葉が出た。ふわふわの卵白で包まれたご飯に、濃い黄身が溶け込み、口の中が旨味で支配される。ほっとするような家庭の味ではあるが、まさに絶品だった。

梨依もそうだったようで、うんうんと頷きながら口の中のご飯を飲み込む。

「でしょでしょ！　前に来た時も思ったけど、これが私の人生の中でナンバーワンの卵かけご飯だね！」

「たしかに。俺の中でもたった今ナンバーワンに君臨したわ」

「さすが凍夜くん、分かってるねー！　私のブログを見てくれてただけある！」

そんな会話をしたあとは、ひたすら俺たちは卵かけご飯を味わった。しかしあっという間に俺は食べ終えてしまう。

俺には少し物足りない量だったが、店が混んできたので追加注文するのを諦める。

そして俺の少しあとに、梨依が完食した。

「あー、おいしかった。ごちそうさまでした」

両手を合わせて、満面の笑みを浮かべてその決まり文句を言う。

昨日、しらす丼を食した時と同じ姿であるはず。しかし真正面から改めてその台詞を聞き、その仕草を見ると、遠目でうかがっていた時の何倍も溌剌さを感じた。

――余命百食の患者の健康状態は最後の食事まで良好。

昨日見たネットの記事が思い起こされる。つまり、今眼前の梨依が元気に食事をしているのは、なんら不思議ではない。

だけどやっぱり、梨依にはあまりにも死の影がなさ過ぎるのだった。

カフェをあとにし、俺が宿泊していたホテルの駐車場にふたりで向かった。

昨日、俺が車を持っていると言ったら梨依は大喜びだった。

「じゃあ車でいろんなとこ行けるね！　よかったー、電車じゃ行きづらいとこもあってさあ」と。

人を足にするつもりかよ……と思わなくもなかったが、「ガソリン代はちゃんと払うし、運転も交代するよ」と付け足された言葉を聞いたら、まあいいかという気分になった。

ちなみに本当にガソリン代を取る気はないし、運転を代わるつもりもないが。

「無職なのにずいぶん大きい車だねえ……」

俺の四駆の車を見るなり、梨依は大層感心した様子で言った。そりゃあ冬は雪山に通うのだから当然だ。

しかしまったく悪気は感じられない。思ったことを素直に言っただけのようだ。

まあたしかに、無職の設定でアウトドア仕様の立派な車を持っているのは、不自然かもしれない。

「荷物、入れさせてね」

そう言って梨依がスーツケースを転がしてトランクの方に向かったので、俺は内心慌ててしまった。

トランクの中には、何か月もケースから出してすらいない俺のスノーボードが鎮座していたのだ。なんとなく見られたくなかった。

「重いでしょ。俺が入れるよ」

梨依からスーツケースを奪って俺は言う。すると梨依は信じられない、という顔をした。

「なんと……。行動までイケメンとは」

スノーボードを梨依に見られたくない一心での行動なのだが。まあ勝手にそう思っているなら、それはそれでよしとする。

「中華街、楽しみだな～」

助手席に乗り込んだ梨依が、弾んだ声で言う。今日はこのあと、横浜中華街に行くと決められていた。

この旅の付き添いでしかない俺は行先に異論はない。『りーのおいしい日記』の筆者が選ぶ店ならば料理が美味であることは間違いないので、むしろ勝手に決めてくれた方が楽だった。

だがしかし、俺は横浜中華街に行ったことがないため道が分からない。

少し前までスノーボードに関わる場所しか訪れたことがなかった俺は、観光地とは無縁だ。実は鎌倉も初めてだった。

「ナビ見るわ」

梨依にそう告げてから、俺はナビのタッチパネルに触れようとした。しかしちょうどそのタイミングで、運転席横のボックスに入れていたスマートフォンが震えたので、なんとなくそちらを手に取った。

『もうすぐシーズンインだけど。凍夜、大丈夫なの』

雪翔からメッセージが来ていた。見た瞬間、憂鬱な気持ちになる。

少し前の俺と同じで、スノーボードに命がけで取り組んでいるはずの雪翔。

俺たちふたりの名前から察せられる通り、両親はウィンタースポーツが趣味だった。出会いも大学のスキーサークルだったらしい。

その両親に、物心つく前に連れていかれたスノーボードの幼児教室で、俺たちは才能を見出された。そしてそのまま流れるように、本格的にスノーボードに取り組むことになったのだった。

最初に頭角を現したのは、弟の雪翔の方だった。根明で好奇心旺盛な雪翔にはむらっ気があるが、コーチが手本で一回見せただけの技を、見よう見まねで完璧にやってしまったことは一度や二度ではない。

天才と呼んでも差し支えないような、図抜けた才能が雪翔にはあったのだ。

周囲から期待される雪翔の横で、俺は何年も淡々と地道に練習をしていた。すると
その蓄積された技術は、いつの間にか雪翔を超えていた。たしか、十代半ばくらいの
頃だったか。
去年行われた冬季五輪でも、俺は三位——銅メダルへと食い込むことが出来たが、
雪翔は六位入賞という結果に終わった。
俺に実力で抜かされても、常に明るく清らかな笑顔で俺に接していた雪翔。
——しかし、俺が銅メダルを獲った時、遠くからほんの一瞬だけ俺を睨みつけてい
たのを俺は目撃してしまった。
しかしむしろ、嫉妬の感情がない方がおかしいだろう。
もしも俺が逆の立場だったら、自分より格下だったはずなのにいつしか超えられて
しまった身内なんて、仲よくすることすら困難な気がする。
——なあ雪翔。俺が怪我をした時、お前はどう思った？　……いい気味だと、少し
は思ったんだろ。
そして、トラウマを発症してから一度もお前の前に姿を現さない俺に、優越感を抱
いているんだろ？
なのに、なんでこんな連絡をよこしてくるんだよ。

もうほっといてくれよ。

そんなことを考えながら、『大丈夫だよ』とだけ返信する。すぐ既読になったが、なにも返ってこなかった。

「凍夜くん、どうしたの？」

しばらくの間、無言でスマートフォンを持って固まっていた俺を不審に思ったのか、梨依がそう尋ねてきた。

俺ははっとする。

「……なんでもない、行こう」

気を取り直して、ナビを横浜中華街に近い駐車場にセットして俺は車を走らせる。

雪翔からの連絡があったことで、急に梨依の家族のことが気になった。家族とは食事をしたくないというようなことを昨日言っていたが、このままずっと会わないつもりなんだろうか。

「梨依は家族とは過ごさないの」

その問いには、しばらくの間返事がなかった。ちょうど信号が赤になったので、梨依の方を見てみると呆気に取られたような顔をしていた。

「……どうしたの」

「いや、凍夜くんさ。めちゃめちゃナチュラルに、嫌な感じもなく呼び捨てにしてきたからびっくりして。もしかして女慣れしてるの？」

そういえば、梨依のことを呼んだのは今回が初めてだった。彼女の指摘にやべっと俺は思う。

スノーボードのような横乗り業界では、先輩後輩といった概念は薄く、滑り仲間になってしまえば年齢に関係なく敬称をつけずに呼び合うことが多い。

もちろん、他の業界の人たちに向けての礼儀を忘れているわけではないが、俺はずっとそんな世界にいたから、つい梨依のこともそのノリで呼んでしまったのだった。

彼女の方が、最初から馴れ馴れしかったことも大きい。

ちなみに別に女性慣れはしていない。何人か彼女がいたことはあるけれど、俺が四六時中スノーボードのことしか考えていないと知ると、いつの間にかみんな去っていった。

「……いや、そういうわけじゃ。えーと……梨依さん」

「あは。もう梨依でいいよ」

梨依は苦笑いを浮かべて言う。それならお言葉に甘えることにしよう。

「そっか」

「うん。で、なんだっけ。私の家族の話？　お母さんと、その再婚相手の義理のお父さんのふたりだよ。本当のお父さんは小学生の時に病気で死んじゃったんだ」

あっけらかんと言う。もうすぐ自分が父親と同じ運命をたどることを、本当に分かっているのだろうか。

「そのふたりとは過ごさないの」

「あー。もうすぐ死ぬんだから、最後くらい家族と過ごせよって思うよね」

「……まあ、普通はそうする人が多いのかなって」

信号が青になり、車を発進させる俺。梨依は前を見つめたまま、自分と母親の関係を説明し始めた。

父親が亡くなってからというもの、女手ひとつで梨依を育て上げた母。父の保険金はそれなりにあったらしいが、梨依に何不自由ない生活を送らせたかったのか、朝から夜まで働きづめだったという。

母のおかげで希望の私立大学に進学出来たから、心から感謝をしている。そんな自分が就職して家を出て、やっと母の肩の荷が下りたのだと。

「私が高校生の時にお母さん再婚したんだけどさ。私が家を出て、今やっと夫婦水入らずの幸せな時間を過ごしてるんだよね。そんなお母さんとお義父さんに、病気のことなんてどうしても言えなくてさー」

　軽い口調で言った梨依の言葉に、俺は驚愕する。

「え……家族に病気のこと言ってないの」

　まずはじめに伝えるべき人なのではないのか。

　見ず知らずの俺が知っているというのに。

「そうだよ。だって今までずっと私のために生きてきたお母さんが、やっと解放されてのんびりしてるっていうのに……。そんなタイミングで私が死ぬなんてさ。私、お母さんを不幸にすることしか出来ない存在みたいじゃない？　あまりに親不孝過ぎて、言いたくないんだよねー」

　溜息交じりで言う。でもその溜息は、「明日の仕事嫌だなあ」くらいの、軽い嘆息にしか聞こえなかった。

「……ふーん、そっか」

　どうでもよさそうに答えた俺だったけれど。

　梨依の母も義父も、娘の命の危機を知りたいに決まっていると思うのに。死ぬまで言わないつもりなんだろうか。死んでから知らされる方が、親不孝じゃないのか。

　――そう思ったけれど、なにも言えなかった。

少なくとも俺なんかが意見を述べられることではないと思った。死に直面している彼女の意思に、横やりなんて入れることは出来なかった。

「私の家族はそんな感じだよ。……あ、凍夜くんの家族は？」

あー、そっか。今度はこっちが聞かれるよな。

梨依の家族のことが気になってつい尋ねてしまったけれど、自分に返ってくるところまでは想像していなかった。

「両親と……双子の弟がいる」

焦りながらも家族構成まで隠す必要はないと思った俺は、正直に答える。

スノーボードのことだけを伏せることにしよう。隠していることは少ない方が、ボロが出にくいはずだ。

「えっ、双子!?　一卵性なのっ？　同じ顔!?」

興奮した様子で梨依は言う。双子だと言うと、皆同じような反応をするのでこれには慣れていた。

「二卵性なんだよね。俺は母親似で弟は父親似だから、全然似てない」

「へー。弟くんはなにをしてる人なの？」

「あー……大学生」

社会人というと、なんの仕事？　と突っ込まれそうな気がしたので学生設定にした。それが功を奏したようで、梨依は「ふーん、そうなんだ」と納得したような返事をした。

「無職でぶらついている兄のこと、心配してるんじゃないの？」

からかうように梨依は言う。無職以外はほとんど合っていて、俺は苦笑を浮かべた。

「そうだろうね」

――あいつの心配なんて、優越感を隠す見せかけだけのものかもしれないけれど。

やがて中華街近くの駐車場に車を止めた俺たちは、早速中華街の入り口へと向かった。

カラフルで中華風の屋根がついた門が聳え立っていた。『中華街』と右から読む形で書かれていて、青を基調とした造形の細やかさには圧倒されてしまう。

天気がよく人が多いことも相まってか、鎌倉近辺と比べたら少し暖かく感じた。外で長時間過ごしても苦にはならなそうだ。

「食べ歩きするの？」

その門をくぐりながら俺は梨依に尋ねた。

たしか、『りーのおいしい日記』内にあった中華街の記事には、歩きながら食べられるような手軽なメニューばかりが書かれていた覚えがあった。

そのうち行こうと思っていたため、一応俺は記事を読んでいたのだ。

「うん。ひと通りお目当ての物を買ってから、ゆっくり味わいたいかな！」

梨依が弾んだ声で答える。これから食す中華街のグルメたちに、心を躍らせているようだった。

「分かった」

「よし！　じゃあまずはブタまんから買いに行くよー。しゅっぱーつ！」

拳を天に突き上げながら梨依は声を張り上げると、意気揚々と中華街のメイン通りを進んでいく。

俺はそんな梨依に気圧されながらも、彼女のあとに続いた。

平日の昼間だったが、学生らしき若者を中心に、通りはそれなりに混雑していた。

梨依が向かったブタまんの店も、結構な行列が出来ている。

しかし梨依は迷うことなく、列の最後尾に並んだ。

ふと隣の店を見てみると、『名物ブタまん』というのぼりが立っている。そちらは三人しか客が並んでおらず、すぐに購入出来そうだった。

「隣の店じゃダメなの？」

前に数十人は列を作っているのを見て、待つのを億劫に感じた俺は尋ねた。しかし梨依は呆れたような顔をして、さも当然のように答える。

「ダメに決まってるじゃん。中華街で一番おいしいブタまんはここって決まってるんだから」

「でもめっちゃ並ぶじゃん。どんだけ待つの、これ」

「凍夜くん。おいしい物はそうたやすく手に入らないのだよ？　この待ち時間に耐えた勝者のみが、おいしい物を味わう権利があるんだよ」

「……ふーん」

やたらと熱がこもった様子で梨依が言うので、俺は面倒になって投げやりな返答をしてしまう。

——まあいいか、べつに。

どうせ今の俺にやることなどないのだ。一分一秒の時間を惜しんで、ハーフパイプを行き来するスノーモービルの運転手を急かしていた俺はもうここにはいない。

ブタまんを購入したあとは、餃子、焼売、豚にらまんじゅう、小豚まんなど点心が刺さった串や、テイクアウト用の北京ダック、台湾ちまき、フカヒレまん、タピオカミルクティーの店を俺たちははしごした。

どの店もやっぱりそれなりに混んでいたため、それらを買い揃えるだけで一時間以上もかかってしまった。

「あー、やっと食べられるね」

他人の迷惑にならないよう、人通りの少ない道路脇に立つと梨依が言った。

渇いた喉には、濃い色のタピオカミルクティーがやたらとおいしそうに見えた。

「……腹減った」

そもそも朝食が物足りなかった俺が疲れた声を上げる。すると梨依は楽しそうに微笑んだ。

「ふふ。空腹は最高のスパイスだよ。それじゃ、食べようか。いただきまーす！」

うきうきした様子でそう言うと、購入した数々の中華街グルメたちを梨依は次々に食べていく。

大きなブタまんには思いっきり齧りつき、串に刺さった点心ひとつひとつに「餃子の肉汁やばい」とか、「焼売軟らかー！」などといちいち感想を言う梨依は、見ていて小気味よかった。

俺は「これおいしいね！」という梨依に相槌を打つくらいで、ほとんど黙々と食べていただけだった。しかし実は、内心とても不可解な感情を抱いていた。

どれも、それほど高価ではないB級グルメ。人気商品なのでおいしいのは当然なのかもしれないが、なぜかどれも至高の絶品に感じられたのだ。まるで高級食材をふんだんに使用し、一流シェフが丹精込めて調理した料理のように。

俺の舌がそんな錯覚を起こしているのは、梨依が俺の眼前で満面の笑みを浮かべて「おいしい！」と連呼するせいなのだろうか。

「やっぱりこのブタまん最高だわっ。ね、並んだかいがあったでしょ？」

「……まあ」

梨依の言う通り、特に最初に買ったブタまんがもっとも美味だった。ふわふわの皮に、カニやエビらしき海産物も入っている餡には、旨味がぎっしり詰まっている。

やはり行列が出来るだけの理由があるのだな、と感心させられると同時に、本当に梨依はおいしい食べ物を求めることに妥協しないのだなと改めて思った。

並んでいる時も、戦利品を味わっている現在も、心から楽しそうで、そして元気そうだ。

——やっぱり、余命百食なんて嘘なんじゃないか。

あまりに健康的な様子に、またそう考えてしまう。

たとえば彼女が詐欺師という可能性はないだろうか？　いや、でもさっきも「駐車場代半分払うよ」と申し出てきたし、飲食代はほぼ割り勘だった。

梨依が宣言した余命と、行動や態度があまりにちぐはぐで、俺は改めて「本当にわけの分からない奴」という感想を抱いてしまう。

「ちまきのもち米、めっちゃもちもちしてるね～」

「……そうだね」

相変わらずテンションが高い様子の梨依だったが、俺は対照的に低い声で言う。

元々あまり感情を表に出すのが得意ではない俺の平常運転だ。

──無愛想な返事しか出来ない俺と食べていて、梨依は楽しいんだろうか。

俺がそんな疑問を抱いていると。

「ってか、ちまき思ったよりおっきかったなあ……」

苦笑を浮かべて梨依が言う。梨依の手元には、拳大のフカヒレまんがまだ、まるまるひとつ残っている。

ちなみに俺は、もうすぐ完食しそうだった。

「ね、凍夜くん。まだお腹に余裕ある？」

「あるよ」

朝食が物足りなかったし、元々燃費の悪い俺はまだ肉まん三個くらいはいけそうだった。

「私、ちょっとフカヒレまんひとつはきついかも……。ね、よかったら半分こしない？」

「半分こ？」

「あ！　嫌なら私が全部食べるから大丈夫だよ。食べられないって程ではないし。残すのは嫌だしね」

俺も食べ物を残すのは嫌いだ。だが、無理して完食してもうまくは感じないだろう。俺が半分もらえば、俺も梨依もおいしく食べられる。

「いいよ。半分食べるわ」

「よかった！　ありがとう」

嬉しそうに梨依は微笑むと、フカヒレまんを器用に半分に割る。そして「はい」と俺に差し出してきた。

「おー、フカヒレ感結構あるなあ～」

そんなことを言いながら食べる梨依が半分にしたフカヒレまんを、俺はひと口齧る。

……なんだか妙な気分になった。

昨日会ったばかりの得体の知れない奴と、なんで俺は食べ物をシェアしているのだろう。

こういった行為は、家族や友人や恋人といった、気心の知れた間柄ですることなのではないのか。なぜ昨日出会ったばかりの俺たちが、こんな仲睦まじそうなことをしているのだ。

しかし齧ったフカヒレまんは、さっき俺が黙々と一個食した物よりもなぜかおいしく感じられた。まったく同じ物のはずなのに。

――なんとなく、俺の元から離れていったかつての恋人たちは、こういうのを俺に求めていたんじゃないかと思った。

食べ物のシェアどころか、「外食は塩分が高いから、あとで家で食べる」と言って食事を共にするのさえ拒否していた過去の自分が、やけに冷たい人間に感じられた。

ディナーは中華食べ放題の店に行きたいと梨依が所望したので、B級グルメを堪能したあとは、お腹を空かせるために中華街をぶらついて雑貨屋さんを冷やかしたり、近くの山下（やました）公園を散歩したりした。

大きな船――氷川丸（ひかわまる）が停泊する、海に臨む穏やかな公園だった。小さな子供の手を引く母親や、学生カップルの姿が目につく。

梨依は「夜までにお腹を空かせたいから、歩かないとね」と言って、弾んだ足取りで公園を歩き回った。俺はただそれについていくだけ。

公園のすぐ脇には横浜マリンタワーが聳えていて、写真を撮っている観光客が何人もいたが、梨依は特に興味がないようだった。

そういえば梨依がなにかにカメラを向けているところを一度も見ていないことに、ふと気付いた。そして少し考えただけでその理由に思い当たり、やるせない気持ちになる。

もちろんそんなことを知る由もない梨依は、「夜は食べ放題だから、シェアしつつ出来るだけいろんな種類を食べたいよね」とか、「前行った時は、ごま団子がおいしかったな～」なんて、よく喋っていた。

俺は申し訳程度にしか返事をしない、残念な聞き役だったが、梨依が気分を害した様子はない。

だけど時々、遠くの海を無言で眺める瞬間があった。その時の梨依は、無表情だった。

大きくガラス玉のような彼女の双眸が、少しだけ青く染まっているように見えた。その儚い色合いを見たら、急に不安に襲われた。

……やっぱり、この子は本当に余命百食なのかもしれないと思わされる。その度に、なぜか必死でそれを俺は打ち消すのだった。

そんなこんなで夕食に程よい時間になり、俺たちは中華食べ放題の店へ入店した。九十分二千九百八十円という、ディナーにしてはお手頃価格のオーダーバイキングの店だった。子連れの客の姿も目立つ。

そして梨依は、昼と同じで「おいしい」と連呼しながら本当に元気に食事をしていた。女性にしてはかなりの量を食べる方だと思う。もちろん、俺よりは少なかったが。

余命百食という俗称の病気の特徴からすると、今元気そうにしていてもなんらおかしいことはないと分かっている。

しかし、余命百食と宣告されて、こんなにおいしそうに料理を味わえる人間がいることが、俺はいまだに信じられなかった。

――やっぱり嘘なんだろ。

そう思うも、俺の財布は狙っていないようだし詐欺の線は薄くなってきた。そもそも金目当てなら、無職と申告した俺につきまとうはずもない。

結局梨依がどういうつもりなのかは分からない。だけどよく喋ってよく食べる彼女と一緒にいるのは、そんなに居心地が悪くなかった。

俺の口数が少なくても、梨依が気まずい雰囲気を一切醸し出さないところも楽だった。

――なにはともあれ、ひとりで淡々と過ごし、スノーボードのことを無理やり考えないようにしていた時よりは、断然マシだった。

最初は梨依のことを苦手なタイプ、俺はひとりで静かに過ごしたいのだからそんな旅ごめんだと思っていたのに。

一日梨依と過ごしたこの時の俺は、すでにそんな風に考えるようになっていた。

その日の夜。

俺たちは横浜駅近くのホテルに泊まることにした。

ホテルの駐車場に車を止めたあと、荷物を持ってフロントに向かう。スーツケースを転がす梨依よりも先にフロントに着いた俺は、ホテルマンに「シングルルームを二部屋お願いします」と話す。

カードキーを二枚受け取った俺は、すでに背後にいた梨依に「はい」と一枚渡す。同じ階の、隣同士の部屋だった。

エレベーターに乗って宿泊する部屋の階まで来た俺たちは、廊下を進む。

——すると。

「……凍夜くんなら、自然に二部屋取ってくれる感じがしたんだよね。よかった」

らしくもなく、ぼそりと呟くように放たれた梨依の言葉に俺は眉をひそめる。どういう意味なのかすぐには分からなかった。

しかしその時、前方からやたらと密着した様子で男女が歩いてきた。男は女の腰に手を回し、女は「やだー、もう」だなんて甘ったれた声を上げている。

——なるほど、そういう意味か。

と、梨依が言わんとしていたことをようやく理解する。

もう死ぬんだから最後くらいいいだろ、とこの状況で体を求める男は、きっと世の中にたくさんいるだろう。

しかし、少し前までスノーボードのことしか頭になかった俺は、正直なところそんな男女の駆け引きに気が回らなかった。

……べつにそういう欲求がないわけではないけれど。ってか、ぶっちゃけ人並みくらいにはたぶんある。

だけどもし、俺がそういう行為を梨依に望んでしまったら、このよく分からない関係はその瞬間終わる気がした。

――だから、俺は。

「じゃ、また明日。おやすみ」

なにも気付いていないふりをして、梨依にそう告げる。梨依は微笑んで「おやすみ、凍夜くん」と返し、自分の部屋へと入っていった。

あと七十九食

梨依と出会ってから数日が経った。

横浜中華街の次の日は、みなとみらい21エリアを巡ることになった。

みなとみらいでは、朝食が最も印象的だった。味わったのは、海外でも大人気の世界的に有名なチェーン店の、パンケーキだった。梨依のは、ふわふわとろとろの生地の上に、パンケーキが見えないくらいのヘーゼルナッツソースがかかり、バニラアイスがのっている。対して俺のは黄身がとろりと流れ出た目玉焼きとベーコンののったエッグベネディクト風のおかずパンケーキだった。

その日はあまり待たずに入店出来たが、日によっては数時間並ぶこともあるらしい。

梨依の話では、至高のパンケーキだとさまざまなメディアで紹介されているんだとか。

たしかにスフレっぽいパンケーキは美味だった。だが至高かと言われると、個人的には甚だ疑問が残る。

俺がそもそも朝食にご飯を求めるタイプだからなのかもしれないが。そう思った俺が、パンケーキを頬張りながら首を傾げていたら。

「あ、凍夜くん今『至高ではない気がするなあ』って思ったでしょ!?」

梨依が悪戯っぽく笑って、俺の心を見抜いてきた。

「なんで分かったの」

「いやー。最初にこれ食べた時、私も同じように思ったからさ。めちゃくちゃおいしいけど毎日食べたい感じではないかなって」

「うん。まさにそう思ったところ」

「そもそも私、朝ご飯は白米と味噌汁の組み合わせが好きだしね」

「……俺もそう」

そう言うと、梨依は嬉しそうに瞳を輝かせた。

「え!　凍夜くんもご飯党なのっ?」

「うん。パンも嫌いじゃないけど、ご飯の方が腹持ちいいし、飽きない」

「分かりみが深いわ。ご飯は毎日でも食べられるよね!」

俺は頷く。

『りーのおいしい日記』を見ていた時から思っていた。この筆者は、とても俺と好みが似ていると。だからなんとなく、梨依もご飯派なのだろうとは思っていた。

その次の日は埼玉県に向かった。

秩父(ちちぶ)ではわらじカツ丼という、本当にわらじのように大きいカツがのったどんぶりを、川越(かわごえ)では名物のさつまいものスイーツをふたりで堪能した。

そんな風に、埼玉や千葉、神奈川、東京など関東圏をドライブしながら、俺たちはひたすらおいしい店を巡った。

俺は梨依のブログの記事をすべて読んだわけではなかったので、まったく見覚えのない店もいくつかあった。たまに梨依がノートを見ていることがあって、どうやらそれに行きたい店がメモしてあるようだった。

数日間、梨依と毎回食事を共にしていたが、やはり全力で食事をおいしく味わい、食べ終える時に「あー、おいしかった。ごちそうさまでした」と両手を揃えて満面の笑みを浮かべる様子は変わらない。

対する俺は、本当にただの付き添いでしかなかった。楽しそうに喋る梨依に、そつのない相槌を打ったり頷いたりするのが関の山だ。

時々、「これ、うまいね」くらいは言っていたけれど。

しかしそれだけで梨依が「ね！　おいしいよね！」と勢いよく肯定してくるので、悪い気はしなかった。

——本当に奇妙な日々だった。

トラウマを抱える前の俺がこれを見たら「なに無駄な時間過ごしてんだよ。もう開いてるスキー場もあるんだから、さっさと滑りに行けよ」と憤るに違いない。

しかし今の俺にとっては、悪くない日々だった。眼前で気持ちいいくらいの食べっぷりを見せる梨依を見ていると、心が安らぐ瞬間すらあった。

自分が死に対するトラウマを抱えていたことなど、忘れることすらあるほどに。

そんな風な気持ちで梨依と接しているうちに、俺の中のこの気持ちはどんどん強くなっていった。

——やっぱり、梨依が余命百食なんて嘘に決まっている。

紙一重で死神の一撃をかわした俺だが、いまだにうなされる夜がある。よほど不運でもない限り俺が死ぬのはおそらくあと何十年後だというのにもかかわらず、いまだに死がすぐそばにあるような気がして怖い。

だから、あと一か月ほどで死を迎える梨依が、こんな風に陽気に過ごせるなんて、やっぱりどう考えてもありえないと思うのだ。

きっと、誰かとただ遊びたかった気まぐれな梨依が、おかしな嘘をついて俺をおちょくっているだけ。

そろそろ詐欺の線は完全に消えたので、俺はそう考えて自分を納得させた。

時々景色を無言で眺める梨依の姿は、見て見ぬふりをした。

そうだ。こんなにいつも能天気な女が、死ぬわけがないじゃないか。

——しかし。

梨依と出会ってから六日目。そんな俺の結論を、あっさりと覆す出来事が起こってしまう。


「え。病院……？」

新宿で、朝食にお茶漬けを食べ終わったあと。

今日はどこに行くのかと俺が梨依に尋ねたら、予想外の答えが返ってきた。

「そ。今日は病院に行く日なんだよね。定期的に診察を受けなきゃいけないんだよー、やっぱり病気だからさ」

あっけらかんとそう言って、茶碗に残っていたお茶をすする梨依。

「どこなの、病院」

「練馬高野台（ねりまたかのだい）っていう駅にある、大学病院だよ。ここからだと、車より地下鉄の副都心線で行く方が早いね。病院のあとは、新大久保（しんおおくぼ）でランチしたいな。韓国グルメを食べたいんだ～」

「……じゃ、俺はこの辺で待ってるよ」

たしか、新宿駅から新大久保へは徒歩でも行けるくらい近かったはず。診察を終えた梨依と、新大久保で合流すればいいだろう。

しかし、そんな提案をした俺に向かって、梨依は不機嫌そうな顔を向けた。

「えー。凍夜くんも病院に一緒に来てよ。移動中とか待ち時間とか、ひとりじゃつまんないじゃん」

「いや……。俺なんかが一緒に行っていいわけ」

もし、本当に梨依が余命百食だとしたら。ただの風邪とか、怪我とかの病院の付き添いとはわけが違うではないか。

そんなところについていくなんてごめんだ。

……それに俺は見たくなかったのだ。余命百食について、深刻そうに医師と梨依が話している光景を。

それさえ目にしなければ、たとえ梨依が本当にもうすぐ死ぬのだとしても、嘘つき健康女だと思い込み続けることが出来る気がして。

だが梨依は、そんな俺に食い下がってきた。

「もちろんいいよ。ってか、本当に来て欲しいんだよ。私、ずっとひとりで行ってたから、『家族と仲悪いの？　恋人もいない？』って主治医の先生も心配しちゃって。めっちゃ親身になってくれるいい先生だから、私が孤独じゃないって安心させたいんだよ」

——だったら素直に家族を連れていってくれないかな。

そう口から出そうになったけれど、慌てて俺はその言葉を引っ込めた。さすがに冷淡すぎる気がしたのだ。

「……分かった、いいよ」

渋々そう答えたら、「さんきゅー！」と梨依は元気よく言う。

——大丈夫だ、大丈夫。やっぱり嘘だよ。こんなに明るく笑う奴が、もうすぐ死ぬなんてありえないじゃん。

病院へと向かう電車に乗っている間、ずっと俺は自分に言い聞かせるようにそんなことを考えていた。

きっと病院に着く直前に「ドッキリ大成功！」なんて言って、梨依がゲラゲラと抱腹するに違いない。

ひょっとすると、俺を心配した雪翔の仕込みなんじゃないか。……そんなことすら俺は思いついてしまう。

だが練馬高野台の駅に着くと、梨依は駅から近い和空堂(わくうどう)大学病院へと迷うことなく入っていった。そして慣れた手つきで受付を済ませ、『消化器内科』と札のかかった診察室の前に置かれた長椅子に腰かけた。

「予約してあるから、そんなに待たないと思うんだー。診察終わってからでも、お昼ご飯には十分間に合うよ」

足をぶらつかせながら、いつもの調子で梨依が言う。

俺は心臓の鼓動が速くなっていることを悟られないように「そうなんだ」と素知らぬ顔で言うことしか出来なかった。

そして、梨依の診察の番が回ってきた。一切迷う素振りも見せずに、診察室の扉を開け中へと入る梨依。俺は重い足取りで、そのあとに続いた。

「あれ？　珍しく連れがいるね、梨依ちゃん」

四十代と思しき男性医師は、梨依と俺の姿を見るなり、まずそう言った。

目の下にクマがくっきりとあり、少しくたびれた印象があったが、銀縁眼鏡のよく似合う線の細い男前だった。白衣の上に、『道重(みちしげ)』という名札がついてる。

「ふふ。凍夜くんって言うんだ」

「……どうも」

梨依に紹介されて、なんとなく頭を下げる俺。

道重先生は、俺を興味深そうに眺める。

「へー、なかなかのクールガイじゃん。なになに、梨依ちゃんの彼氏？」

突っ込んで聞いてくるなあと呆れながらも、答えに窮してしまい俺はなにも言えない。——すると。

「そんなんじゃないよ。ただの旅のお供です」

梨依はのほほんと答える。その言い方じゃ、俺たちがどういう間柄か分からないんじゃ……と思ったが、確かに俺たちの関係はそれ以上でも以下でもないのだった。

しかしやっぱり道重先生は意味が分からないようで、眉をひそめていた。だが、

「まあ、仲がいい人がいてよかったよ。梨依ちゃん、いつもひとりで来るからさ」

と微笑んだ。患者のプライベートを深く詮索する気はないようだ。

そして先生は、梨依の顔をじっと見つめた。今までより少し鋭い目つきで。

医者が患者を医学的に観察していると思われる視線を見て、俺の心音がまたうるさくなる。

「顔色いいね」

「うん、めっちゃ調子いいよ。凍夜くんと一緒に、いろいろおいしい物を食べてるんだ」

「それはよかった。じゃ、いつもの検査するよ」

そのあと、俺は診察室の外に出るよう促された。血液検査や触診など、いくつか検査をするらしい。

十分くらいしたら、診察室から梨依が出てきた。

「結果が出るまでちょっとここで待たないといけないんだ」

「……ふーん」

「その間に、新大久保で食べるやつ確認しよ！ えーとチヂミとトッポギと……あ、ホットクも食べたいな。この食べ放題の店なら、たしか全部あったはず」

時々スマートフォンの画面を俺に見せながら、韓国グルメを吟味する梨依。しかしそんな話は、右耳から左耳へとすり抜けていくだけだった。

「いいね」「うまそう」だなんて、当たり障りなく同意することしか、その時の俺には出来なかった。

やがて梨依が再び呼ばれた。

診察室へ入ろうとした梨依だったが、待合スペースの長椅子からなかなか立ち上がらない俺を見て、怪訝そうな顔をする。

「凍夜くん、なにしてんの。ほら、早く来てよ～」

当然のように俺を誘う梨依。……やっぱり一緒に行かないとダメなのか。

心から嫌だと思った。しかしもう、拒否出来ない状況だった。ようやく来た付き添いが病状を聞かないとなると、道重先生も不審がるだろう。

観念した俺は、梨依と一緒に診察室に入った。丸椅子に座った彼女の後ろで、俺は所在なく立つ。

道重先生は、検査の結果が印字されたらしい紙を見ながら、こう言った。

「数値は特に悪くなってないね。予定通りって感じ」

「つまりよくもなってないってことですよね？」

苦笑を浮かべて梨依が尋ねると、道重先生は気まずそうに顔を引きつらせた。

「まあ……。治る病気じゃないからね」

「がーん。分かってはいたけどやっぱショックだな～。元気においしく食べられてるから、淡い期待を抱いちゃったよ。ねえ先生、残り何食かはやっぱり変わってないんだよね？」

「うん、変わってないよ」

「そっか。じゃあ念のため確認なんだけどさ。あと七十九食食べたら、私は死ぬんだね」

「……そうだね」

ふたりの会話は、まるで現実感がなかった。映画やドラマの中でのやり取りのような、俺とは関係のない次元で行われているように思えた。

しかし俺の目の前に座る梨依の息遣いを感じた瞬間、「これは今、リアルで起こっていることだ」と俺の体が認識したらしく、息が苦しくなった。

酷い眩暈を覚えて、思わず膝をつきそうになったが堪えた。まるで自分自身が死刑宣告されたようにすら思えた。

いつの間にか「余命百食なんて嘘に違いない」と、思い込んでしまっていた俺。しかしそれが大きな間違いだったことを、突きつけられた瞬間だった。

また、梨依が定期検診に訪れた理由のひとつが、残食数の確認らしいことも胸の痛みに拍車をかけた。

死へと向かう食事数。決して間違えてはいけないが、直視するのも辛い事柄に違いなかった。

なぜ君は、ああもあっけらかんと「あと七十九食食べたら、私は死ぬんだね」などと、のたまうことが出来るのか。

診察が終わり部屋から出ると、梨依は俺の顔を見て噴き出した。

「あはは、凍夜くん。なに眉間に皺寄せてんのー？　あ、もしかして病院嫌いな質（たち）？」

相変わらず明るい声で言う。

人の気も知らないで……と一瞬苛立ちを覚えてしまった。しかし、梨依にしてみれば、最初に「自分はもうすぐ死ぬ」としっかり俺に告げているのだ。

診察室でのやり取りでショックを受けたのも、そんな俺の思い込みゆえでしかない。

「……べつに、そんなことないけど」

平静を装って俺は言う。

――なんで俺の方が動揺してるんだよ。

まるで俺の方が、余命百食に侵されているみたいだ。

「そうー？　あ、もしかして慣れないことして疲れちゃったとか？　これから新大久保行くけど大丈夫？」

「大丈夫」

今から楽しくなにかを食べに行くという気分には到底なれなかった。もう昼時だというのに、まったく空腹感もなかった。

だけどもうすぐ死ぬ側が乗り気になっているというのに、ただの傍観者でしかない俺が「そんな気になれない」だなんて、言えるわけがない。

一時間もしないうちに、新大久保にたどり着いた。韓国語で書かれた看板の飲食店や、韓国の芸能人のグッズを売っている店が立ち並ぶ。

通りを歩いているのは女性グループばかりだったが、平日の昼間だというのにずいぶん賑わっていた。

検査結果までの待ち時間に、梨依がスマートフォンで眺めていた食べ放題の店に入った。

梨依はトッポギやら、サムギョプサルやら、チヂミやらを、次々に注文していく。ご丁寧にも、二人前ずつ。

「チヂミもっちりしてておいしいね～」

「……そうだね」

いつものように、その明るい声に同意する。

だけど、今日の俺はどれもまったくおいしいと思えなかった。別に店の料理がまずかったわけではない。……結局味が分からなかったけれど、たぶん。梨依もおいしいと言っているし。

俺の味覚の方がおかしかったのだ。梨依が本当に余命百食なのだ、と思うと食べ物を味わうどころではなかった。

女性グループとカップルばかりで席は埋まっていた。皆、笑みを浮かべて楽しそうに談笑しながら、韓国グルメを堪能している。

俺たちもきっと、傍から見れば恋人同士に見えるのだろう。

しかしその正体は、余命わずかな女と、飛ぶことの出来なくなったスノーボーダー。女は死へと向かう旅をし、男はただの付き添いという、不可思議な組み合わせ。

そんな未来のない俺たちだというのに、梨依は隣のカップルよりも奥の女性グループの人たちよりも、幸せそうな笑みを浮かべて、

「あー、おいしかった。ごちそうさまでした」

といつものように言ったのだった。

あと七十食

それからの数日間も、関東圏の店を俺たちは巡った。

俺の味覚障害は、梨依が病院に行った次の日にはあっさりと治ってしまった。空腹も、いつも通り感じるようになった。

俺の体が、梨依が死ぬことを受け入れてしまったみたいで、自身の薄情さに嫌悪感を覚える。

当然かもしれないが、病院のあとも梨依の態度はまるっきり変わらなかった。全力でおいしい物を求め、味わって食べ、笑顔で「ごちそうさま」とのたまう。

そんな彼女の様子を見るたびにまた「やっぱり嘘なんじゃないか」と瞬間的に考えてしまう自分がいた。しかしその度に、あの診察室での光景を思い出し、俺は酷く落ち込むのだった。

その日は土曜日だった。朝食後、今日はどこに行くのか尋ねたら代々木(よよぎ)公園で『タイフェスティバル東京』という祭りをやっているから、そこにタイ料理を食べに行きたいと梨依が主張した。

「祭りなんてずいぶん行ってないな」

代々木公園へ向かう電車の途中で、俺は呟く。

代々木公園へは、車よりも電車の方が行きやすいので、今日は宿泊先のホテルに車を置いてある。

この旅が始まってからというもの、俺と梨依はホテル暮らしを送っている。効率的に梨依の希望の店を回るためだ。

そういうわけで、宿泊先で各々部屋で眠る以外の時間は、ほぼ俺たちは共に過ごしていた。

梨依が隣にいることに慣れてきた俺は、あまり深く考えずに言葉を紡ぐことが多くなってきた。どうでもいい話をする機会も増えた。

「へー、いつ以来？」

「子供の時以来かな」

本当は、スノーボード選手として祭りのイベントに呼ばれたことはあった。しかし純粋に祭りを楽しんだわけではないので、それはノーカウントだろう。

「えっ、マジ？　普通友達とか恋人とかに誘われて行かない？」

梨依の言葉に、記憶を手繰り寄せる俺。

そういえば、昔の恋人がそんな誘いをしてきたこともあった気がする。……断ったんだったかな。

行った記憶がないということは、そうなんだろう。

「……誘われたことはあったけど、用事があって行けないことが多かった」

「えー、ほんと？　なんでそんなにたくさん用事があった人が、今は無職なんですかね？」

冗談めかして梨依は言う。普通なら苛立ったふりをしてその冗談に乗っかるところだろう。

しかし梨依が俺を「無職」だとからかうということは、自分の素性がまったく疑われていないということにほかならない。だから俺は、内心安堵してしまうのだ。

「いちいちうるさいなあ、梨依は」

一応、からかいに乗って眉間に皺を寄せて言う。梨依は「ふふっ」と笑っていた。

代々木公園のタイフェスティバルが行われている会場に着くと、多くの家族連れやカップルで賑わっていた。

十一月も下旬となり、都内も冷え込みが強くなってきた。かじかんだり白い息が漏れたりするほどではないが、外で温かい物を食べればおいしさも一入だろう。

ステージには、タイの民族音楽なのか、見たこともない形状の楽器の演奏に合わせて歌っているアジア系の外国人が立っていた。

出店がたくさん並んでいて、あちこちから、香辛料の濃厚な匂いが漂ってくる。縁日的な出店もいくつかあり、射的やくじ引きに興じている子供たちの姿が微笑ましい。

梨依がノートを見ながら、「食べたいのは、あれとあれとあれと……」と、ぶつぶつひとりごとを言っていた。以前にも来たことがあるらしい。

梨依の持っているノートは、小学生の時に教室で見たような、緩い動物の絵が描かれたファンシーな表紙だ。

ずいぶん古い物に見えるが、いつから持っている物なのだろう……と、俺は梨依がそのノートを取り出すたびに思うのだった。

タイ料理の名前はカタカナで表記されていたが発音しづらく、まったく覚えられなかった。梨依が「これ！」と指定した物を、出店に並んで事務的に買っていく。

そうして目当ての料理をひと通り買ったはいいが、会場内に設置された数少ないテーブル席は、すべて埋まっていた。

「どこで食べる？」

「ふふ。こんなこともあろうかと、私レジャーシートを持ってまいりました！」

そう言って、背負っていたリュックの中からレジャーシートを取り出す梨依。

水玉模様の、かわいらしい柄だった。

「へえ、用意いいじゃん」

「でしょ！　フェスの会場出るとすぐに芝生があるから。そこで食べよ」

「うん」

俺たちは購入したタイ料理を手に、タイフェスティバルの会場から出た。

梨依の言っていた通り開けた芝生広場があり、シートの上でタイグルメを味わっている人たちがたくさんいた。

梨依が広げてくれたシートの上に腰を下ろし、戦利品に手をつける。

結局ひとつもメニュー名は覚えられなかった。骨付き肉や、揚げ春巻き、唐揚げ、豚耳の炒め物などこってりした料理が多い。

そのすべてに、辛そうな香辛料がかかっていた。そして実際、かなり辛かった。

「おいしい！　……でもめっちゃ辛いっ」

東南アジア料理ならではの本場の辛さを、梨依は楽しそうに味わっていた。俺も辛いのは苦手じゃないが、舌がひりひり痛むくらいの強い辛さだったので、さっき自販機で買った緑茶と一緒に食べるくらいがちょうどよかった。

ちなみに、出店ではタイビールが売られていた。酒もそれなりに飲める俺は心が惹かれたが、あることを思い出して素通りした。

余命百食の患者は、アルコールを一定量飲むと酷い腹痛に襲われると、この病気を調べた時に見たのだ。

実際、梨依は今までの食事中一度も酒を頼んでいない。彼女が元々酒をたしなむのかどうかは分からないが、もし我慢しているのだとしたら、目の前で俺が飲むのは酷い嫌がらせだ。

だから俺は、梨依と一緒にいる間は禁酒することにした。

……一緒にいる間。あと何食なのだろう。考えるのが嫌で、俺は数えていない。

梨依が食事のあとに指を折ったり、スマートフォンのカレンダーを見て残り食数をカウントしている場面を時折見かけるが、俺は意識的に目を逸らしていた。

「わ！　これ激辛だっ！　今までで一番辛いっ！」

骨付き肉をひと口食べるなり、梨依が顔をしかめた。

たしかにその肉は、辛い物ばかりの今日のメニューの中で、一際辛かった。辛党の俺はなんとかおいしいと思える辛さだったが、食べ終わってからしばらくした今でも、まだ少し舌がピリピリしている。

「大丈夫？　梨依、それ食べられんの」

「う……。正直、厳しいです……無念……」

口惜しそうに梨依が言う。食べ物を残すことをなによりも嫌う彼女だが、体が受け付けないのなら仕方がない。

「凍夜くんは平気だったの？」

「まあ、たしかに辛かったけど。おいしかったよ」

「え！　この辛さを楽しめる凍夜くん、すごいんだが!?」

「そう？　俺が残り、食べようか」

ひと口食べただけで涙目になっている梨依がそれを完食するのは、本人も申告していた通りやっぱりどう考えても無理だろう。

俺の提案に、梨依は瞳を輝かせる。

「いいの!?」

「うん」

「じゃーお願い！　はい！」

俺に骨付き肉を渡してくる梨依。受け取ってから気付いたが、当然ながら彼女がひと口齧った跡がある。つまり、間接キスになる。

しかし梨依は、まるで気にした様子もなくフルーツジュースで口直しをしていた。

――そうだよな。中学生じゃあるまいし。

そんなことを一瞬でも気にした自分がすごく幼稚な気がして、ちょっと恥ずかしくなった。

俺はがぶりと潔く骨付き肉を齧る。やっぱりとても辛いが、それがおいしい。

買ってきたタイ料理をすべて食すと、レジャーシートを畳みながら梨依がこう言った。

「食べ物以外にも、いろいろお店出てたよね。せっかくだから、見ていこうよ」

「いいよ」

そういうわけで、タイフェスティバルの会場に戻った俺たちは、ぶらぶらと出店を回ることになった。

タイで作られたらしき雑貨の店や、アクセサリーなどを梨依はまじまじと眺めている。

俺はその品物自体にはあまり興味はなかったけれど、「この食器かわいい！」とか「このブレスレットおしゃれだなあ」なんて言う梨依に付き合うのは、それなりに楽しかった。

しかしいろいろ見たにもかかわらず、梨依はなにひとつ購入しなかった。

その姿に、なんとなく彼女の先が短いことを思い出させられて、暗澹たる気持ちになる。

――しかし。

「あ、あのキーホルダーいいな」

梨依が指差したのは、タイとはまるで関係なさそうな射的の出店の景品だった。店先では、小学生くらいの子供たちが真剣に銃を構えて景品を狙っている。

「どれ?」

「あれ。あの猫のやつ」

猫と言われてどれなのかを把握した俺だったけれど、それが全然センスのいい物には見えなくて苦笑を浮かべる。

「あれがいいの? めっちゃ不細工な顔してんじゃん……」

思わず苦言を呈してしまう。だってその猫は、三白眼でこっちを睨みつけているし、ずんぐりむっくりしているしで本当に不細工だったのだ。

「えー、それが味があっていいんじゃん! 分かんないかなー」

「分かんない」

「ふんだ！　いいもん、必ずゲットしてやるんだから！」

俺に向かって口を尖らせると、射的屋のやる気のなさそうなおじさんに「一回やらせてください！」と声をかける梨依。

「あいよ。三発三百円ね」

「はーい！」

梨依が三百円を渡すと、おじさんはコルク銃と弾丸三発を彼女に手渡した。

「三発以内に絶対仕留める！」

などと意気込みながら、射的を始めた梨依だったけれど。

三発とも、弾丸は不細工な猫には掠りもしない。そもそも、梨依は銃をしっかり構えるための台に腕をきちんと置かずに打っていたため、銃口は猫の方を向かずにぶれていた。

射的のことなんて詳しくないけれど、あんな適当な打ち方ではまず当たらないことだけは分かる。

「……下手過ぎない？」

自信満々にやり始めたにもかかわらず、技術がまったく伴っていないことに、思わず俺は苦笑を浮かべてしまった。

「な、なんだよー！　だって私、射的は中学生の頃以来でっ……！」

反論する梨依だったが、やり始める前よりも気弱そうだった。本人も、まさかここまで自分が下手くそだとは思っていなかったようだ。

「それなのにあんなに自信ありげだったんだ」

「う、うるさいなあもう！　じゃあ凍夜くんは出来るの!?」

「……たぶん。梨依よりはうまく出来ると思う」

子供の頃に一度だけやった覚えがあった。記憶は曖昧だが、今の梨依よりはだいぶマシだったと思う。

そもそも俺は、体を使うことならば初めてでもある程度は見様見真似で出来てしまう。五輪に出場するレベルのアスリートなら、誰でもそうだと思うが。

「えー、ほんと!?　じゃあ凍夜くんにあれ取って欲しいなっ」

梨依が例の不細工な猫を指差しながら言う。やる気のなかった俺は、戸惑ってしまいすぐに返答出来なかった。

――すると。

「あはは。お兄さん、彼女さんが頼んでんだからさ。仕留めてあげなよ」

射的屋のおじさんが、笑いながらそんなことを言ってきた。

――彼女さん。

その表現に、俺の戸惑いはさらに大きくなった。俺たちはもちろんそんな関係じゃない。俺は余命百食の梨依の旅に付き添っているだけ。

自分でもよく分からない、期間限定のおかしな間柄。

「いや、俺たち付き合ってないです」とでも言えば、この戸惑いは解消されるのだろう。だけどなぜか、否定する気が起きなかった。

「うん、頼むよー。凍夜くん」

梨依もおじさんの言葉をごく自然に受け流していた。彼女がなにを思っているのかは分からない。

だけど、考えるのが面倒になった俺は、流れに身を任すことにした。

「分かった。じゃあやるよ」

「わーい！　ありがとう！」

俺の言葉に、その場で飛び跳ねて喜ぶ梨依。本当に、『彼氏に射的で欲しい景品を取ってもらう彼女』にしか見えなかった。

三百円と引き換えに渡されたコルク銃を構え、不細工な猫のキーホルダーに狙いを定める。

その瞬間、気分が高揚した。

幼い頃から、どんな小さな勝負でもどうも血が騒いでしまうのが俺の性だった。人生を賭けた勝負事からは逃げ続けているというのに、面倒な性分だけ残っている自分に密かに呆れる。

一発目はキーホルダーのわずか右をかすめた。二発目は、頭に当たったが少し揺れただけ。射的では台の上から景品を落とさないと、仕留めたことにはならない。

「惜しい！　当たったのに～」

と、梨依の悔しそうな声が傍らから聞こえてきた。

――ど真ん中に当てないと落ちない仕組みか。

まったくアコギな商売だ。そういえば、さっきから小学生が何人も挑んでいるけれど、誰も景品をゲットしている様子はなかった。

俺は小さく息を吐いて、一発目と二発目の時よりも精神を研ぎ澄ました。目を凝らして、不細工な猫の胴体――キーホルダーの中心を狙う。

そして引き金を引くと、見事に弾丸は猫のど真ん中に命中し、ゆらりと台の後ろ側に倒れた。

「凍夜くんすごいっ！　三発で取っちゃうなんて！」

梨依がその場で飛び跳ねて喜ぶ。

俺をけしかけた射的屋のおじさんも、まさか三発で仕留めると思っていなかったのか、驚いたような顔をしている。

「まあ、こんなもんです」

大喜びされながらの称賛に、素直に気をよくした俺は冗談めかしてそう言った。そんな俺に、おじさんは「はいよ」とキーホルダーを渡してくれた。

「はい、これ」

梨依にその場でキーホルダーを手渡す俺。

「ありがとう！　いやー、こんなに上手だなんて本当に驚いたよ～。なんか銃を構える凍夜くん、ちょっとかっこよかった。視線が鋭くてさ」

そう言いながら、ほくほく顔の梨依は俺からキーホルダーを受け取った。

「……視線が鋭くて？」

「うん。勝負に挑んでるって感じの目つきでさ。あれくらい真剣にやらないとダメってことが分かったよ。私、射的をちょっと舐めてたわ～」

「え。梨依のあの感じじゃ、真剣に挑んでも難しいんじゃないの」

「……は!? もうっ。あんまり調子に乗るなー!」

俺のからかいに大袈裟に憤る梨依。その様子がおかしくて俺が小さく笑うと、梨依も「あはは」と声を上げて笑っていた。

——勝負に挑んでるって感じの目つき、か。

こんなところでそんな目つきをしている場合じゃないのになと、他人事のように俺は考える。

不細工な猫のキーホルダーは、梨依のリュックにつけられた。

シンプルな黒のリュックにはとても不釣り合いだった。

しかし食事の待ち時間などに、梨依がそのキーホルダーを触っては微笑んでいる姿を、そのあと何度か俺は見かけた。

その度に、なぜか胸が少しくすぐったくなった。だがすぐに梨依が余命百食を患っていることを思い出し、それまでよりも余計沈んだ気持ちになるのだった。

タイフェスティバルの次の日の夜、都内の居酒屋で梨依の高校時代からの友人と飲むことになった。

「やっほー! 美穂に由衣、久しぶりー! 遅れてごめんね~」

時間に少し遅れてしまったら、梨依の友人のふたりはすでに席についていた。梨依はそんなふたりに元気よく声をかける。

俺は無言でぺこりと小さく会釈をした。

店は、俺も何度か足を運んだことがある焼鳥のチェーン店だった。店内は、大学生らしき若者や二十代の社会人らしきグループで埋まっている。

梨依がこのふたりと集まる時は、いつもこの店らしい。値段の割に味がよく、注文してからの提供が早いところが皆気に入っているんだそうだ。たしかに、ここの焼鳥がおいしいことは俺も知っている。

今朝、宿泊していたホテルの朝食ビュッフェの席で「今日は友達と定期的に開いている飲み会の日なんだ。凍夜くんも参加してね」と梨依に突然告げられた時は、正直困惑した。

「俺が交ざっていいわけ？」

高校生の時からずっと関係が続いている友人たちとの集まりに、部外者の俺が入るのは向こうもいい気がしないのではないかと邪推してしまった。

正直、俺だってそんな場は居づらい。

しかし梨依は、眉尻を下げて懇願するようにこう言ってきた。

「むしろ交ざって欲しいの！　……それで、出来れば私の彼氏のふりをしてくれないかな」

意外なお願いに俺は虚を衝かれてしまった。

「……なんで」

「いやー、実は。お恥ずかしいことに、私もう何年も彼氏いなくてさ」

「あー……。なるほど」

外見だけなら正統派美人である梨依だが、所詮それは黙っていればの話である。見た目に釣られた男が、人を振り回すこの性格を知って「話が違う」と離れていく光景が容易に想像出来る。

するとと梨依は不快そうな顔をしてこう尋ねてきた。

「……なるほどってなんですか？」

「あ、べつになんでもないです」

「……。なんか腹立つけどまあいいや。それでさ、毎回その友達ふたりに心配されるんだ。飲み会はいつも、私への恋愛指南になる始末だよ」

「すごくいい友達じゃん」

「そうなんだよー。だからふたりを安心させたくて。それにほら、私が死んだ時に彼氏が看取ってくれたって考えてくれれば、少しはふたりの悲しみも和らぐんじゃないかって思うんだよね」

もうすぐ訪れる自分の死後の話を、世間話のように言う梨依。いまだに彼女のこういったところに、俺はいちいち動揺してしまう。

しかし、こう言われてしまえば断ることは出来ない。俺は「分かった。彼氏のふりね」と答えるしかなかった。

そういうわけで、俺は梨依の彼氏として飲み会に参加することになった。当然のように梨依の隣に座り「凍夜です」と、美穂さんと由衣さんに自己紹介をする。

ふたりとも、明るくてとても気のいい子だった。初対面の俺に対しても構えることなく、気軽に嫌みなく話を振ってくれる。

梨依とはたしかに気が合うだろうなと、ふたりの様子を見て俺は思った。

飲み会の前半は三人で近況報告し合っていた。職場の上司への悪口や、美穂さんと由衣さんの彼氏に対するのろけに近い愚痴といった、女子トークで盛り上がっている。

もちろんふたりには余命百食のことなど打ち明けていない梨依は、健康体で平日は仕事に行っている体(てい)で会話に参加していた。

実際は、病気のことが分かった時点で即退職したとのことだったが。

しかしそのうちに俺についての話になった。

「凍夜くんって、結構イケメンだよねえ。梨依、やるねー」

俺の顔をじっと見つめながらしみじみと由衣さんが言う。なんて答えたらいいか分からなくて、俺は曖昧に笑って「そうかな」としか言えない。

するとうんうんと頷く美穂さん。

「だよねー。一つ下なだけなのに落ち着いてるし。私たちの同年代の男なんて、まだまだガキっぽいのにさ」

「分かるー！　だからやっぱり年上がいい！　って思ってたんだけどさ。凍夜くんみたいにクールな感じなら、全然ありだわ」

盛り上がる友人ふたり。

友人の彼氏に対するお世辞なんだろうけど、昔から年齢のわりにはドライだとよく言われる。

きっと、幼い頃から生死をかけてスノーボードと向き合っていたことによって、自然と達観してしまったのだろう。

「でしょ？　凍夜くん、うるさくないのがいいんだよね」

ふたりに同調する梨依。

　そういえば最初に俺を旅のお供に誘った時に、「性格もドライそうだし、気楽に一緒にいられそうでいいなあ」と梨依が言っていた覚えがある。

　最後に過ごす相手としては、うるさいよりは静かな方がいいとは俺も思う。自分がそれに該当していたことは、少し複雑だが。

「だって梨依がうるさいもんねー。彼氏が静かじゃないと、やかましくて敵わんわ」

「えー！　私そんなにうるさいかな!?」

「今すでにうるさいよ。ねー、凍夜くん」

　俺に同意を求めてくる美穂さん。

　俺が「そうかもね」と答えると、梨依は頰を膨らませる。

　すると由衣さんが、また俺をじっと見つめてきた。そしてなにやら首を傾げながらこう言った。

「あー、そっか。凍夜くん、誰かに似てるってずっと思ってたんだけどさ。スノーボードの選手に似てるって言われない？　名前が思い出せないんだけどさ～」

　心臓が飛び跳ねた。

　去年の五輪で銅メダルに食い込んだ時。少しだけ俺のこともテレビで取り上げられた。

しかしその時、同じ競技で金メダルを獲った日本人選手がいた。しかもその人は五輪三大会連続メダリストであり、ダブルコーク一四四〇という縦二回転、横四回転の技が連続で出来ればすごいと言われるハーフパイプ界で、トリプルコークをあっさりと決めてしまうようなレジェンド。

必然的にそのレジェンドの報道ばかりとなり、俺はおまけのような扱いだった。だから俺の顔と名前が一致する人なんて、よほどのスポーツ好きかスノーボードが趣味の人くらいなものだ。

梨依も俺のことをまったく知らなかったから、当然その友人も知るわけないだろうと自然と俺は思い込んでいた。

だから由衣さんのその言葉に、正直動揺した。

「あー、名前なんだったたっけなあ。思い出せないわ。たしか、銅メダルだか銀メダルだか獲った人なんだけど」

うーんと唸りながら、虚空を見つめて考え込む由衣さん。

「あー……。そういえば前にも言われたことあるかも。でもたいして似てないと思う」

誤魔化すことにした俺は、適当にそんなことを言う。ネットで検索でもされたら敵わないので、全然興味なんてなさそうに。

「え、なんて人だろう。凍夜くんは名前覚えてる？」

気になったらしく、梨依が尋ねてくる。

「俺も忘れた」

そう答えたあと、ウーロン茶をひと口に含む。本当に、どうでもよさそうなふりをする。

するとそんな作戦が功を奏したらしく「ま、いっか。そんなことよりさ～」と由衣さんは別の話題を振り始めた。俺は心から安堵する。

そのあとも他愛のない話で盛り上がる三人。俺は相変わらず話を振られたら適当に相槌を打ったり、短い言葉で答えたりするだけだった。

いつもの梨依に対する態度と、あまり大差がない。

すると、飲み会の終盤美穂さんは俺たちふたりを眺めてしみじみとこう言った。

「よくしゃべる梨依にそれを見守る凍夜くん。ふたり気が合いそうだね～」

なにを思ったのか、そんな褒め言葉を言ってくる。見守っているつもりなんて全然なかった俺は困惑してしまった。

「うんうん分かる！　梨依ずっとひとりでぷらぷらしてたから、いい人が見つかってよかったよ～」

美穂さんの言葉に同調する由衣さん。騙しているようで……いや、実際に騙しているのだった。心がちくりと痛む。

答えあぐねていると、なんと梨依は俺に寄り添ってきた。

「そうだよー！　私たちラブラブだからね！」

友達ふたりに褒められて調子に乗ったのだろうか。恋人らしい振る舞いをして、信憑性を高めたかったのかもしれない。

――そこまでやるのかよ。

と、俺は呆れてしまう。しかしその瞬間、傍らの梨依からほんのりとフローラルな香りが漂ってきた。

シャンプーやトリートメントの匂いだろうか。女性らしい香りに鼻腔をくすぐられ、女子に寄り添われている現実を実感させられる。

すると、なんだか梨依をからかいたくなってしまった。俺が彼氏らしいことをしたら、彼女はどんな反応をするのだろう。

「まあそうだね」

低い声で呟いて、俺は梨依を抱き寄せた。彼女の口から「え……」という戸惑いの声が漏れたのが微かに聞こえた。

　今までは梨依に振り回されっぱなしの俺だったが、初めて出し抜けた気がした。小気味のいい感情に支配される。

　俺の腕の中でまごまごする梨依に、かわいらしさを覚えた。

　しかし梨依は一瞬でこの状況を受け入れたらしく、ふたりの友人に向かって満面の笑みを浮かべて見せる。

　すると、美穂さんと由衣さんは芝居がかった大袈裟なしかめっ面になった。

「見せつけますなあ」

「仲よすぎて腹立ってきたわ、もう。爆発しろっ」

　そんなことを冗談めかした口調で言う。

　梨依はその言葉を聞いて、ケラケラと笑っていた。

　心から楽しそうに笑う三人。しかしここでもし真実を——梨依の余命のことを知ったら、この時間は瞬時に失われてしまう。

　梨依が家族にも友人にも余命百食のことを打ち明けたがらない気持ちを、この時俺は少しだけ理解出来た気がした。

　焼鳥屋を出てふたりと別れた俺たちは、宿泊先のビジネスホテルへと歩いて向かった。

　ホテルは焼鳥屋があった繁華街からは離れた裏通りに面しており、人気も店の明かりもだんだん少なくなっていった。

　梨依の口から白い息が漏れる。

「今日は結構星が見えるね」

　梨依が空を見上げながら言った。雲が全く見当たらない晴天だったからか、都会にしてはくっきりと星の姿が見える夜空だった。

「流れ星……なんて、なかなか見られないよね」

　相変わらず天を仰ぎながら梨依が呟いた。

「難しいんじゃない。流星群の日でもない限り」

　流れ星なんて気にしたこともない俺はそう答える。言ったあと、言葉尻が冷たかったかなと軽く反省した。

　しかし梨依は気にした様子もなく、空を眺めながら小さく微笑んでいた。

「何年か前の冬に、家族でふたご座流星群を見たんだよね。すごくきれいだったから、それから流星群が来る日は一応見るようにしてるんだけどさ。最近は雨とか曇りばっかりで全然見られないんだよなあ」

「残念だね」

「うん。ふたご座流星群はね、十年に一度くらいの頻度で最良の条件で見られるんだって。例年よりもめっちゃ星が流れるってこと。それが今年なんだけど、私は見られなそうなんだ。私、ふたご座流星群の極大の日の昼が、最後の食事になる予定で。たぶん、そこで死んじゃうからさ」

「……そうなんだ」

そうとしか言えなかった。不意に、梨依が答えに窮する話をしてくるのは本当に辛い。

しかし「自分はたぶんあと何十年も生きられるくせに、なにが辛いだよ」と、俺はその度に思い直すのだ。

そんな俺の受け答えでも、梨依が全然気を悪くしている様子がないのが救いだった。梨依は微笑んだまま相変わらず夜空を見つめている。

その横顔は、いつもよりも儚げに見えた気がした。しかし俺は梨依から目を逸らし、見間違いだと強く自分に言い聞かせたのだった。

あと四十二食

梨依の友人ふたりと飲み会をした日から一週間余りが経った。いつも通り助手席に梨依を乗せて、俺は房総へと車を走らせていた。

今朝、「今日はホテル太陽に泊まります。知ってるよね？　ホテルたい～よう～っていうCMのさ」と梨依がいきなり宣言してきた。まあ、いつも梨依は突然、当日に行先を俺に告げてくるのだが。

ハーフパイプを滑れなくなってからというもの、毎日フラフラしていた俺には、行き当たりばったりの旅は性に合っていたので、特に問題はない。

しかし、宿泊先まで決めてくるパターンは初めてだったので不思議に思った。

行先を告げたあと、あそこは一日遊べるからさっさと行こうと梨依がまくし立ててきたので、とりあえず車を発進させた俺だったけれど。

「なんでホテル太陽なの」

運転しながら俺が尋ねると、梨依は得意げな声でこう答えた。

「あそこはねー。広いプールで目いっぱい遊べるし、千葉の名物がたっぷりのビュッフェを楽しめる夢みたいな場所なんだよ！　この旅の間に絶対行っとかなきゃって思ってたの一！」

その口ぶりからすると、以前に訪れたことがあったらしい。家族とだろうか。

きっとその時、プールで遊んだのがよっぽど楽しくて、ビュッフェの料理がよっぽどおいしかったのだろう。

「俺、水着なんて持ってないよ」

プールも海水浴も最後に行ったのはいつだったか覚えてすらいない。こういう時、本当に俺はスノーボードしかやってこなかったんだなとしみじみと思い知らされる。

梨依と過ごすようになってから、アスリートではない人の生活や楽しみを何度も強制的に経験させられている気がする。

だけどそれは思いの外、楽しいものだった。

「あっ、だよねー。でも大丈夫、レンタルがあるはずだからさ」

「そっか」

ということは、梨依は自分の水着を持ってきているらしい。ホテル太陽に行くと心に決めていたと言っていたから、用意していたのだろう。

「あっ。でも私の分の部屋は予約してたけど、凍夜くんの部屋は取ってなかったや。

ごめーん、予約取ったの凍夜くんと出会う前で……。空いてるかなあ」

「平日だし、ひと部屋くらい空いてるんじゃない？」

ホテルに到着し、空きがあるかフロントに尋ねてみたら、そもそも梨依が宿泊する予定の部屋がツインルームだったため、「では、室崎様も咲村様と同室ということでよろしいでしょうか」と、にこやかにホテルマンに言われた。

ホテル太陽はファミリーやカップル向けのレジャーホテルであるためか、ひとりで泊まるという客はほとんどいないのだろう。

俺たちも恋人同士とでも思われたらしい。

「あ、すみません。ひとりひと部屋でお願いしたくて。空いている部屋はありますか？」

慌てて俺はホテルマンに申し出る。

なぜか梨依はなにも言わずにぼんやりとしていた。いつもの梨依なら、俺よりも先に口を出してきそうなのに。

「空きはございますが、ツインルームにおひとりさまずつご宿泊いただくことになるので、かなり割高になってしまいますが」

「いいです、それで。……いいよね、梨依」

基本俺たちは常に割り勘だ。

余命百食に罹患した梨依は、医療機関が行う臨床試験のために自身のデータを提供するという約束で、定期的に礼金をもらっているらしい。

余命百食はまだ症例の少ない奇病であるためか、結構な額なのだそうだ。少なくとも余命が尽きるまで、金銭のことは気にせずに散財出来るくらいには。

『ほんと、思ったよりたくさんもらえて驚いたよ。最後にパーッと使って残りの時間を楽しめよって、上乗せしてくれてるのかな？』と、梨依が笑いながら説明してくれた。

俺の方も大会で得た賞金やスポンサーからの契約料で金には困っていない。

梨依は「無職なのになんでそんなにお金あるの？　ボンボンなの？」と不思議がっていたが、もちろん適当に誤魔化した。

「うん、私は大丈夫だよ」

「かしこまりました。では、一名様一室でお部屋をお取りいたします」

営業スマイルを崩さずにホテルマンは会釈をする。

男女で宿泊施設に遊びに来るような仲で同室ではない俺たちを、変な奴らだなと思ったに違いないのに、さすがプロだ。

こうしてひとりひとつずつ部屋の鍵を渡された俺たちは、荷物を置いたらとりあえずプールに集合することにした。

受付でレンタルのシンプルな水着を借り、更衣室で着替えた俺は早速屋内のプールへと足を運ぶ。

ビーチボールで遊ぶカップルや、浮き輪に身を任せて浮かんでいる幼児。奥にはウォータースライダーもあり、順番待ちをしている人たちが列を作っている。

屋内プールの割には広く、開放感があった。

辺りを見渡すが、梨依はまだ来ていないようだった。彼女が分かりやすいように、入り口すぐ脇で待つことにした。

そんな俺の横を、大学生くらいの女子グループが楽しそうに喋りながら通っていった。皆ビキニ姿で、艶やかな肌を惜しげもなく晒している。

――あんな恰好で梨依も出てくるんだろうか。

泳ぐのは久しぶりだなくらいしか、それまで考えていなかった俺。

プールという場所で、若い女性がどんな姿で出てくるのかを不意に思い起こして、少しドキドキしてしまった。

「凍夜くん。お待たせ～」

背後から、いつものように能天気な声が聞こえてきた。はっとして振り返った俺の目に、飛び込んできたのは。

「……そんなに待ってないけど」

心臓が落ち着かないのを悟られないように、いつもの調子で言う。

梨依の水着姿は、俺の想像とまるで異なっており、さっきすれ違った女子グループのような、露出度の高い水着とはまったく違っていた。

シンプルなデザインの紺のワンピースタイプで、競泳用の水着だった。胸も臀部もしっかりと覆われている。

だけどローカットでぴったりと梨依を包んでいるその布は、体のラインを容赦なく描いていた。付け根まで露になった太ももは、驚くほど白くて滑らかそうだった。

下手にフリルがついたビキニなんかよりも、はるかに俺の心臓に衝撃を与えてきたような気すらした。

それにしても、健康的な体だ。本当にあと少しで死ぬんだろうか。また思考がそこに戻ってしまう。

「なに？　なんか言ってよ。え、凍夜くんめっちゃ驚いてない？」

無言で水着姿の梨依を見つめてしまっていた俺は、彼女のその言葉で我に返る。

「……べつに」

「あ、もしかしてがっかりしちゃった？　みんなかわいいの着てるもんねー。ごめんね、競泳用で。私高校まで水泳部だったからさー、これしか持ってないんだよね」

「いや。これはこれでいい。むしろ最高です」

謝る梨依に、素直に感想を述べる。だって梨依は、ここにいる誰よりもスタイルがよかったし、魅力的だった。

通りすがりのカップルの男がちらりと梨依の方を見る。

すると梨依は目を見開いて驚いたような顔をしたあと、手を叩いて爆笑した。

「あはは！　なにそれ〜。凍夜くん、正直すぎて笑えるんだけど」

「だって、がっかりしてないよって伝えたくて」

そう言うと、梨依は少し困ったような表情になった。

「……最初に見た時は、朴念仁かと思ってたのになあ。凍夜くんって普通に男だよね」

「……？　どういうこと」

朴念仁であるつもりなんて一切なかったし、「普通に男」という意味もよく分からなくて、尋ねる俺だったが。

「あー、なんでもないよ」

と、梨依がいつもの屈託ない笑みを浮かべるので、それ以上は聞けなかった。

すると今度は梨依が俺の全身を見て、顔をしかめた。

「ってか、凍夜くんめっちゃいい体してるね。細マッチョってやつじゃん」

なぜか梨依の表情も声も不機嫌そうなのはまたも意味が分からないが、一応褒められているらしい。

「あー……。そうかな」

曖昧な返答をする。

スノーボードから離れているにもかかわらず、毎日筋トレとストレッチをしないと落ち着かない俺の体は、無駄に衰えていなかった。

「凍夜くんって、なんだかちゃんとしてる感があるんだよなあ。ねー、本当に無職なの？」

俺の振る舞いが梨依の無職像とは離れていたようで、少々疑っているみたいだ。まあ、たしかに純粋な無職ではないのだが。

しかしここは嘘をつき通すしかない。

「残念ながらね」

「まあこうやって毎日付き合ってくれてるんだもんね。もう本当に残念で無駄な筋肉だなあ。むしろ、やることがないから鍛えてるの？」

「いちいちうるさいなあ、もう梨依は」

あからさまに嫌な顔をしてそう返すと、梨依はおかしそうに笑う。

彼女とのこういった会話のキャッチボールを、俺も最近は楽しいと感じるようになっていた。

——こんな風に笑い合って愉快な気分で話している間だけは、周囲で幸せそうにしている恋人たちや友人グループと同等になれたような気がしたのだ。

プールでは、梨依が持参していたスイカ柄のビーチボールでバレーをしたり、ウォータースライダーで滑ったりして遊んだ。

ウォータースライダーでは、先に俺が滑って梨依が滑り降りてくるのを待っていた。するととんでもなく勢いよく滑り落ち、水の中に頭まで突っ込む梨依の姿があまりにも滑稽で、俺は腹を抱えて笑ってしまった。

「ちょっと笑い過ぎじゃないの!?」

と、怒る梨依だったが、落下した衝撃で結んでいた髪が乱れまくっているその姿もなんだか面白くて、俺はさらに笑い声を上げる。

するとと最終的にはどつかれてしまった。

そんなこんなでしばらくふざけたあと、プールの広い場所に戻ると、梨依がこんなことを提案してきた。

「私、水泳部だったから泳ぎには自信があってですね！　ね、凍夜くん競争しよ？」

「いいよ」

「やった！　じゃあ今いる場所から、向こう端までね」

自信満々に微笑む梨依。本人も言う通り、水泳が得意なのだろう。

しかしかくいう俺は、無職の仮面をかぶったオリンピアンなのである。泳ぐのは久しぶりだが、スポーツならどんな種目でもそれなりに出来てしまうほどの身体能力が備わっている。

実際、義務教育時は徒競走も水泳も、俺のライバルは雪翔だけで、その他の誰にも抜かれたことはない。

「よーし！　じゃあよーいドン！」

梨依の掛け声と共に、泳ぎ始める俺。どうしても競争、となると熱が入ってしまう。逆らえない己の性。

泳いでいる間に横につける梨依の方をチラ見する。彼女の泳ぎは美しく無駄のないフォームだった。

また、俺の速度についてこられていることには驚きを禁じ得なかった。女子だということを考慮すると、水泳部時代は宣言通りかなり上位の大会まで進めたのではないだろうか。

結果、勝負は僅差で俺の勝ちだった。……少し手を抜けばよかったと、終わったあとに悔やむ。しかしどうしても勝負ごとの最中は熱くなってしまって、俺はそういう考えに至らないのだ。

「こ、この私が負けただと!? ば、馬鹿なっ！」

アニメの悪役のような台詞を、芝居がかった驚愕の表情と声で叫ぶ梨依。自信満々で挑んでからの敗北を、冗談にしてしまう彼女の様子が面白おかしい。

「惜しかったね」

俺は不敵な顔をして言ってのける。梨依は大袈裟に悔しそうな顔をして「きー！」と声を張り上げたあと、笑っていた。

プールで梨依と別れたあとは、それぞれ大浴場で体を休めることにした。

最近はホテルのユニットバスばかりだったので、大きくて広い温泉はとても心地よい。体の芯まで温まり、心まで癒された気がした。

フロントで渡された浴衣に着替えた俺は、梨依との待ち合わせ場所のビュッフェ会場へと向かう。

するとと梨依があくびをしながら登場した。

当然のことながら、梨依も浴衣姿だった。そしてなんだか全体的に、とんでもなく無防備だった。

乾かし立ての髪はアップにされていて、うなじや耳元には後れ毛が少し垂れていた。大浴場で温まったためか頬は紅潮し、つやつやとしている。

梨依がまとったピンクの波柄の浴衣は、祭りで女性が着ているような華美な物ではなかった。館内着だし、寝間着も兼ねているのだから当たり前だ。

しかし気張っていない浴衣だからこそ、梨依のすべてがさらけ出されているように見えて。プールで彼女の水着姿を見た時以上に、俺の心臓は激しく鼓動する。

「プールのあとにお風呂って、もう眠くなっちゃうよね～」

もちろん、そんな俺の心情などつゆ知らず、梨依は眠そうに目をこすりながらそう言った。

「そうだね」

「まー、でもお腹も空いたよね！　よし、食べるぞー！」

俺の腕を取り、ビュッフェ会場へと入っていく梨依。石鹸の爽やかな香りが、俺の鼻腔を刺激する。

こんな風に、梨依が俺にあからさまに触れてきたのは初めてな気がする。だんだん距離が近くなってきているのは、俺に気を許してきたからなのだろうか。

しかし食事が始まると、いつも通り心から料理を味わう梨依だった。

「ここでは蟹が食べ放題なの！　なんとあの高級な蟹がですよ!?」

と声高に叫んだあとビュッフェ台に向かった梨依は、皿に蟹の脚をてんこ盛りにのせて戻ってきた。そのあとはひたすら蟹の脚をほじくっては身を食べ、「ん〜、最高！」と至高の面持ちをしていた。

たしかに蟹が食べ放題とは豪勢だ。しかし蟹は食べるのが面倒という欠点がある。プールでめいっぱい遊んだあとで疲れているせいもあり、梨依のように蟹をほじくりまくる気は起きなかった。

蟹をそれなりに味わったあとは、ローストビーフや寿司、ステーキ、中華などを、俺は満遍なく食した。どの料理もそれなりに高いレベルの味で、大満足のビュッフェだった。

梨依も皿にてんこ盛りになっていた蟹を片づけたあとは、俺のようにいろいろなメニューを食べていた。

お腹いっぱいとのたまったあとに、ケーキやフルーツを山盛りに皿にのせてきた時は、さすがだなあと感心してしまった。

そんな風にめいっぱいビュッフェを堪能して、俺たちは夕食会場をあとにした。

「あー、お腹いっぱいだね」

梨依が両手を天に突き上げるようなポーズで伸びをしながら、ご満悦な様子で言う。

「うん。さすがにちょっと食べ過ぎたわ」

「え、いつもたくさん食べても平気そうな、あの凍夜くんが？」

「だってどれもおいしかったし」

「そっかー、だよね。地元産の魚や貝なんて、特においしかったよね～！」

そんな会話をしているうちに、俺の部屋の前に差し掛かる。梨依の部屋はその奥だ。

「じゃー、凍夜くん。おやす……」

梨依の言葉が途中で途切れる。隣を歩いていたが、急に俺の方によろめいてきたのだ。

俺は慌てて梨依の腕を取り、彼女を支える。梨依の体が俺にしなだれかかっているみたいな状態になってしまった。

「……大丈夫？　具合悪いの」

淡々とした声音で俺は尋ねた。梨依の体が俺に触れていることを、意識しないように気を付けながら。

「ううん、違う。プールのせいで足がくたびれちゃって」

少し疲れたような顔で梨依は微笑む。言っていることは本当のようだ。——しかし。しばらくの間、梨依は俺に寄り掛かったままだった。浴衣の襟元から白い胸が覗く。摑んだ腕は布越しでも柔らかいけれど、驚くほど細くて華奢だった。

見上げるような形で、梨依が俺を見つめていた。自然と上目遣いになった梨依の瞳は、少し潤んでいるように見え、まるで夜空に瞬く星のようだった。

俺はそのまま彼女を見つめ返すことしか出来なかった。しばしの間、俺も梨依も無言で、ただ視線を重ねていた。

——なんか期待してんの、梨依。

浅はかにもそんなことを考えてしまう。

もしこれが、ただ少し仲がよくて一緒にホテル太陽に遊びに来ただけの女の子だったとしたら、俺はこのまま彼女の手を引っ張って、自分の部屋へと引きずり込んだろう。

――だけど俺たちはそうじゃない。そんな関係じゃない。……梨依はあと少しで死んでしまうのだ。

俺は梨依の瞳の光に抗うように顔を背けると、彼女をひとりで立たせてから離れた。梨依の香りと温もりが離れてしまい、一抹の寂しさを覚える。

そして梨依の方へ向き直り、なにも分かっていないかのような無表情を顔面に張りつけて、こう告げる。

「おやすみ、梨依」

数秒間、梨依は言葉を返さなかった。しかし口元を笑みの形に歪めて、こう答えた。

「うん。おやすみー、凍夜くん」

俺に背を向けて歩き出し、自分の部屋へと入っていく梨依。梨依の部屋のドアがバタンという音を立てて閉まる。廊下に響き渡ったその音の余韻が消えてから、俺は自分の部屋へと入った。

――別れ際の梨依が残念そうに見えたのは、きっと俺の勘違い。願望だ。

俺は必死にそう思い込みながら、ごろりとベッドに横になる。しかしなかなか入眠することは出来なかった。

あと四十食

あくる日、朝食ビュッフェを堪能してからホテル太陽をチェックアウトしたあと。

俺たちが向かったのは練馬高野台――そう、今日は梨依が病院に行く日だったのだ。

俺が梨依と出会ってから三度目の受診だった。ちなみに余命わずかになったら、もっと頻繁に行かなければならないらしい。

前回、二回目と同じルーティンで検査を行い、結果が出たあと、主治医の道重先生と梨依はにこやかに話していた。

最初にここを訪れた時と違って、梨依の余命百食が紛れもない真実だとすでに分かっている俺。さすがにあの時ほどの衝撃は受けなかったものの、「あと四十食だね」と道重先生が告げる光景には、やはり暗澹とした気持ちになってしまう。

昨日、プールで楽しく遊んでたらふくおいしい物を食べて。……夜は少しだけおかしな雰囲気になって。

そんな風に、まるで死なんて自分にはまったく関係ないと思い込んでいる普通の男女みたいな一日を送ったあとだったからか、俺の落ち込み具合も一入だった。

「あーあ、あと四十食かあ。もう残り少ないから、一食一食大切においしく食べないとだねえ」

　とても軽い梨依の口調だった。言葉の内容と声色がまったく合っていない。

　俺は性懲りもなく、なんで当事者でもない俺が暗い気分になってんだよと反省するのだった。

「え、今も相当おいしそうに食べてるじゃん。これ以上大切に食べるって無理じゃね」

　俺は半笑いで言う。梨依の調子に合わせるように、絶望を見て見ぬふりをして。

「たしかに……。じゃあ気合いを入れようかな。もっとおいしく食べるぞ！　っていう気合いを」

「なんだよ、それ」

　呆れ顔で突っ込みを入れると、梨依は俺の方を向いて「ふふっ」と笑った。俺も頬を緩ませる。

　すると道重先生は、俺たちふたりを興味深そうに眺めた。

「なんかふたり、この前より仲よくなってない？　あ、もしかしていい感じなの？」

　なんてからかうように言ってくる。

梨依は笑顔のまま、しばらくなにも答えなかった。

道重先生は「やべ」という顔をした。つい言ってはならないことを言ってしまったと、猛省しているようだった。

だけど俺は彼の気持ちが分からなくもない。梨依の屈託のない笑顔を見ると、彼女の境遇をどうしても忘れてしまう瞬間が俺にもあるからだ。

死の匂いがあまりにもしない梨依は、患者の死を何度も見てきている医師さえ惑わせてしまったのだろう。

「嫌だなーもう先生は。そんなんじゃないですよ～」

やがて梨依は笑みを崩さずに、のんびりと答えた。『……だって私もうすぐ死ぬし』、なんていう言葉の続きが、俺の脳内で勝手に再生される。

道重先生は気を取り直すように咳ばらいをすると、神妙な面持ちになって梨依にこう告げた。

「たぶん、もうすぐ発作が来るよ。結構きついやつ」

俺もネットで見たから発作については知っていた。

余命百食に罹患すると、病気の後期に患者は重い発作に必ず襲われる。そこでは命を落とすことはなく、すぐに治まるらしい。

しかし、その激しい痛みにのたうち回る者も多く、それまでほとんど症状もなく過ごせていた分、そこでやっと自分が死ぬことを自覚する患者も多いのだとか。

「げっ、そうだったー。嫌だなあ」

顔をしかめる梨依はたしかに嫌そうだった。しかし明日の試験嫌だな、くらいのノリだった。

「まあでも、数分で治まるはずだからね。もし十分以上続くようなら、救急車を呼んでね」

「そっかー。なら耐えられるかな、たぶん」

——耐えたところで近いうちに死ぬというのに。

梨依ののほほんとした言葉を聞いていると、俺の感覚の方がおかしいのだろうかという気がしてくる。

診察が終わって、梨依が先に診察室から出ていく。俺もそれに続こうとすると。

「凍夜くん」

道重先生が俺の名を呼んだので、俺は足を止めて振り返った。

「はい」

「発作が起こったらさ。難しいかもしれないけれど、君はあまり慌てないようにね。

梨依ちゃんを励まして、出来るだけ落ち着かせてあげてね」

真剣な目つきで俺を見据えながら、ゆっくりと彼は言った。

きっとこの梨依の主治医は、死の直前まで明るい梨依でいて欲しいのだろう。

――俺だってそうだ。

願わくは「あー、おいしかった。ごちそうさまでした」と言いながら、彼女に永遠の眠りについて欲しい。

梨依の心情を考えれば、身勝手極まりない願いだと思う。だけど絶望しながら梨依が息絶える姿なんて、俺も、きっとこの人も見ていられないのだ。

「――はい」

俺は深くゆっくりと頷いたのだった。


病院を出たあと、俺たちは車で池袋へ向かうことにした。梨依が昼食に行きたいラーメン屋が池袋の東口にあるらしい。

練馬高野台から池袋へ向かうなら、車よりも西武池袋線を使った方が行きやすい。しかし夕食も池袋にあるお店で食べることを梨依が所望したので、池袋のホテルに泊まることにした。そのため、車を移動させた方があとあと楽だと判断したのだ。

乗り込むなり、梨依はシートの下やダッシュボードなんかを覗き込んでいた。そういえば、今朝もそんなことをしていた覚えがある。病院の時間が迫っていたので、突っ込まなかったけれど。

「なんか捜してんの」

俺が尋ねると、梨依ははっとしたような面持ちになった。

「んー、なんでもないよん」

そう言いつつも、今度は運転席の足元を覗き込んでいる。

……なんでもないはずないだろ。

「梨依、正直に言ってよ。俺も捜すから」

「……え。いいよ」

「気になってラーメンがおいしく食べられない、これじゃ」

半眼になって俺が言うと、梨依は観念したようにため息をついた。

おいしく食べることをモットーにしている彼女なら、こう言えば素直になってくれると思ったのだ。

「いつもつけてるピアスだよ。昨日からひとつないんだよね」

梨依は右耳にふたつ、左耳にひとつピアスホールがある。両耳に揃いのジュエリーピアス、残ったひとつの穴にゴールドのフープピアスをつけていた覚えがあった。

言われて梨依の耳を注視すると、たしかにフープピアスが見当たらない。

「ホテル太陽の部屋にはなかったの」

「結構頑張って捜したけどなかった。プールで流れちゃったのかな。そうなるともう絶望的だよね」

肩を落として梨依が言う。今までに見た梨依の中で、一番落ち込んでいるように見えた。余命百食の話をしている時よりも、断然。

「大事なピアスなの？」

「まあね。初任給の記念に買ったんだよ。そんなに高価な物じゃないんだけど」

——マジでか。

人生に一度の思い出が詰まったピアス。それはショックも大きいに違いない。

「あー……。じゃあ俺が新しいの買ってプレゼントするよ。池袋なら、ブランドショップもたくさんあるだろうし」

思いついたまま、俺は言った。一体なんのプレゼントなのだろう。自分でもよく分からない。

だけど俺は、「ピアスなくしたー」とへこむ梨依に、どうしても新しい物を買ってあげたい衝動に駆られたのだ。

「えっ？　凍夜くんが私に？　なんで？」

きょとんとした面持ちで梨依が尋ねる。死ぬまで食事を共にするだけの関係の俺に、なにかを贈られる義理はないと思っているのだろう。

――「なんで？」って。俺だってそう思うよ。でも別にいいじゃん。

「あーあ。俺からのプレゼントごときじゃ、初任給の思い出には勝てないかー」

俺は間延びした声で、冗談めかして言う。真剣な調子で言うのは照れ臭かったのだ。

「えっ……。そ、そんなことないけど」

俺の言葉が想定外だったのか、梨依はうろたえた様子だ。彼女にとって予想外の行動を自分が取れた時、小気味よい気持ちになるのはなぜなのだろう。

「じゃあいいじゃん」

「え、なんか悪いかなって……」

「俺があげたいからあげんの。素直にもらってよ」

少し強い口調で俺が言うと、梨依は頰をポリポリとかいた。

「うん……分かった。ありがとう、凍夜くん」

いつもの満面の笑みではなく、照れ臭そうな小さな微笑み。それを見たら、腹の奥底から嬉しさが込み上げてきた。

池袋に着いた俺たちは、駅近くの百貨店の中にあるブランドショップを何店か巡り、ふたりでひたすらピアスを眺めた。

梨依は紛失したピアスのようなゴールドのフープピアスを望んでいた。いくつかの店で候補が挙がったが、ティファニーのピアスが一番気に入ったようだった。

「ご試着になりますか?」

もうこれにしちゃおうかなーとショーケースを梨依が眺めていたら、店員がそう尋ねてきた。

「あ、はい。ではお願いします」

梨依がそう言うと、店員がショーケースの中からピアスを取り出し、消毒して差し出してきた。

梨依が取る前に、俺はピアスをつまんだ。

「え、凍夜くん?」

「つけてあげるよ」

「えっ?」

「じっとしてて」

戸惑う梨依だったが、俺はピアスを持ったまま彼女に近付く。

そして梨依の柔らかい耳たぶを触りながら、煌びやかなピアスをつける。俺に耳を触られたのがくすぐったかったのか、小さく梨依は身震いした。

その反応をもっと見たくなる。だけどなんとか気持ちを抑制して、ピアスをつけたら俺は彼女から離れた。

「いいじゃん。似合ってる」

店内の姿見でピアスを装着した自分の姿を確認する梨依と鏡越しに目を合わせながら、俺は心からの感想を述べる。

「ほんとだ！　かわいい～」

梨依が弾んだ声を上げると、店員は満足そうに頷く。

「ええ、とってもお似合いですよ。こちらペアピアスですので、カップルでつけられる方も多いですよ。彼氏さんもいかがですか？」

どうやら、俺たちを恋人同士だと勘違いしている店員。……まあ、ふたりで来店してじっくり選んで、おまけに俺が梨依にピアスをつけてやったのだから、そう思わない方がおかしいだろう。

「……ありがとうございます。でも、今日は私の分だけ買いに来たので」

梨依は微笑んで、遠慮がちに断る。

いつもの梨依なら「やだなー、私たちそんな関係じゃないですよ～」と明るく言う場面に思えた。なんでそんなに控えめに申し訳なさそうにするのだろう。

だけど俺は、自ら進んで俺たちの関係を否定する気にはなれなかった。なんとなく、そうしたくなかった。

……べつに面倒だっただけ。深い意味はない。

そのまま会計をして、退店する俺たち。梨依の耳元には、金色の輪がきらりと輝いていた。

「ありがとう、大事にするね」

ほくほく顔で俺に礼を述べる梨依を見たら、微笑ましい気分になった。「うん」と短く俺は頷く。

なにかもっと気の利いたことを言いたかったけれど、うまく言葉が見つからない。

そのあと、本来の目的であるラーメン屋へと足を運んだ。さすが食通の梨依が選んだ店なだけあって、長蛇の列が出来ていた。

しかし迷わずに俺たちは列の最後尾に並ぶ。店の三軒先には、今すぐに入店出来そうなラーメン屋が見える。

以前の俺なら「あっちの店でいいじゃん」と発言したところだが、梨依の生態をすでによく理解している俺は無駄なことは口にしない。彼女は貪欲においしい物を求めるのだ。そこに一切の妥協は存在しない。

梨依とラーメンの味やあと何分くらいで入れそうかといった雑談をしていたら、ちょうど前に並んでいたカップルの会話が聞こえてきた。

「時間かかるね～。まだかな～」

「もう少しだよー、たぶん」

そんなことを話しながら、待つのに飽きたらしい彼女の方が、彼氏に寄り掛かる。彼氏はそんな彼女を支えながら、頭を撫でていた。そのあとも見つめ合ったり触れ合ったりしている。

まるでこの世界には自分たちふたりしか存在していないと思っているかのような、いちゃつきっぷりだった。このままの勢いだとキスくらいしてしまうんじゃないかと俺は邪推したが、さすがにそこまではしなかった。

「ラブラブですなあ」

「――うん」

苦笑いを浮かべる梨依の言葉に、俺は彼女と同じような面持ちになって頷く。その時、太陽の光に照らされて梨依の右耳が輝いた。

俺が梨依にプレゼントしたゴールドのフープピアスが、太陽光を反射していた。

嬉しい気持ちになったが、次の瞬間には太陽が雲に隠れてしまう。輝かなくなったピアスに、なぜか彼女を蝕む病気の事実が頭をよぎった。

その時密かに、俺は泣き出しそうになってしまっていた。

あと二十八食

俺が梨依にピアスを贈ってから数日後。朝食を食べ終えると、梨依がとんでもないことを言いだした。

「今日はこれから福島の会津高原にある南郷スキー場に行きまーす！」

「……え」

固まる俺。スキー場なんて、今の俺がもっとも足を運びたくない場所である。

「スノーボードをやりに行ってゲレンデ飯……ゲレ飯を食べたいの！」

俺の動揺などもちろん知る由もない梨依は、意気揚々と宣言した。

百歩譲って、スキー場でスノーボードをやってゲレ飯を食べる、という予定だけならまだいい。

なぜ、会津高原南郷スキー場という場所の指定があるのだ。あそこはよりによって、国内屈指の大きさのハーフパイプが設置されているのである。

俺の練習拠点のひとつでもあったし、ハーフパイプの大会だって毎年のように行われている。

「この旅の中で絶対に行くって決めてた場所なんだ～」

「……なんでスノーボードなの？　しかも福島って遠いじゃん。もっと近くでも」

弾んだ声で話す梨依の気分に水を差さないように、俺は言葉を選びながら控えめに意見を述べる。せめて南郷スキー場じゃない場所に、梨依が目を向けてくれるように。

しかし、次の梨依のひと言には降参するしかなかった。

「だってそこのスキー場は、昔お母さんと行った場所だからさ」

「……そっか」

家族との思い出の場所ならば、なんとしてでも行かなければならないだろう。……これを逃したら、梨依はもう二度とその地に足を踏み入れることはないのだから。

幸い、昨日の雪翔のインスタの写真によると、今は山形のゲレンデで練習しているらしい。あいつと鉢合わせる可能性がないのはよかった。

あとはハーフパイプに近付かなければいい。スノーボードを季節のイベントとして楽しむ梨依のような層が、そんな上級者向けの施設に行くわけはないし。

都内から高速を使い、四時間弱で南郷スキー場に到着した。車から降りようとした梨依は、思い出したかのようにこう言った。

「あ、まずはウェアとボードをレンタルしないとだね～」

実はトランクの奥に転がっている、プロ仕様のそれらの存在に複雑な思いを抱いてしまう俺。もちろん、そんな物ないものと思い込む。

車を降りてから、センターハウスというレストランやチケット売り場もあるスキー場のメイン施設で、ウェアとスノーボードを借りる俺たち。

白いウェアを着てゴーグルをニット帽の上につけた雪山仕様の梨依は、とても新鮮だった。

なぜこの恰好をした女子は、普段の三割増しでかわいく見えるのだろうか。俗にいうゲレンデマジック。

梨依と一緒に借りた万人向けのMサイズのレンタルウェアも、自分仕様になっていない初心者用ボードも、慣れなくて妙な気分になった。実際にそれで滑ってみても、酷く心地が悪かった。

しかし、時折頬に当たる、スキー場特有の雪風の冷たさは懐かしかった。アウェイからホームに帰ってきたかのような気分にさせられる。

だがすぐに今の自身の不甲斐ない状況を思い出し、やはり心は淀むのだった。

梨依は高校生の頃に母親と訪れて以来、五年以上ぶりにここに来たとのことだった。

しかしスノーボード自体は大学生の時に何度か友人と楽しんだと話していて、初心者コースならばスムーズに滑れるくらいの力を持っていた。

一方の俺は、普段通り滑ってしまったら怪しまれることは確実だ。

出来るだけ下手なふりをして、これでもかというくらいにゆっくりと、梨依の近くでボードを滑らせていた。

——だが。

「凍夜くん、スノーボードめちゃくちゃうまいじゃん」

初心者コースを滑り終えて再びリフトに向かおうとしていたら、梨依が唇を尖らせてそう言った。

下手くそに滑るというのはとても難しかったのだ。気を抜くとスピードを出してしまうし、何度かうっかりいつもの調子でターンをしてしまっていた。

板に乗るのは、半年以上ぶりだった。さまざまなしがらみを考えなくてよい遊びの滑りだからか、不覚にも楽しさを覚えてしまう。

やはり俺の体には、スノーボードが染みついているのだ。しかしそんな風に自然と俺の体が乗ってしまったせいで、まずいことになった。

梨依に感付かれたか？

「水泳も速かったしなあ。運動神経めっちゃよくない？　なんでもそつなくこなしちゃうタイプなの？　あー、腹立つ」

それでなんで腹が立つのかは分からない。だけど、俺の下手な演技はまったくの無駄ではなかったらしく、「スノボが特別出来るというよりは、運動能力がまあまあ高く、それなりにいろいろ出来てしまう奴」という判断を下されたらしい。

「まあ、たしかに。そつなくこなしちゃうタイプかも」

「……くっ。凡人の努力をあざ笑いやがって！」

俺が調子に乗った素振りでそう言うと、梨依は食って掛かる。するとバランスを崩した梨依が豪快にその場で転んだ。

頭から雪をかぶる梨依の姿に俺は笑ってしまう。「笑うなー！　この器用貧乏！」と梨依は文句を言ったあと、やっぱり笑っていた。

そうこうしてしばらく滑ったあと、少し遅めの昼食をとることにした俺たちは、センターハウスへと戻った。

レストランの隅に、大きなテレビが置かれていて去年のスキーワールドカップの映像が流れている。

……スノーボードじゃなくてよかったと心から思う俺。

カウンターで注文してから受け取るタイプのレストランだったので、梨依と一緒に列に並びながらメニューを見る。

するとと米をハーフパイプの形に盛ったハーフパイプカツカレーというメニューを発見して、俺は思わず苦笑を浮かべてしまった。

以前はこんなメニューはなかった気がする。日本勢が直近のオリンピックで二個もメダルを獲ったから、つくったのかもしれない。

「私はやっぱりステーキ丼！　前食べた時おいしかったんだよね～」

ハーフパイプカツカレーなど目にも入っていないらしい梨依に安心しつつ、俺も同じメニューをチョイスする。

実は何度か俺もこのステーキ丼は食したことがあった。ボリュームがあって、雪でカロリーを消費した体にはもってこいのメニューなのだ。

カウンターで注文してからステーキ丼を受け取り、空いていた席にふたりで座って早速俺たちは食べ始めた。席はちょうど、テレビの真正面だった。画面には相変わらずスキーの大会の映像が流れている。

「あー、やっぱりこれだわ。滑って疲れた体で食べるとおいしいんだよね～」

ステーキを頬張りながら、幸せそうに梨依が言う。俺と同じ考えを抱きながらステーキを堪能している彼女を見て、やっぱり味の好みがよく合うなと改めて思う。

久しぶりのスノーボードだったし、昼食の時間にしては遅めだったので俺も腹が減っていた。夢中になって食べる。

食べ終えたところで、ちょうどコップの中の水が空になった。

食べている途中の梨依はまだステーキ丼を四分の一ほど残していたが、水はなくなりかけている。ついでに俺は梨依の分の水も入れてくることにして、コップをふたつ持って立ち上がる。

「水、持ってくるよ」

「さんきゅー、凍夜くん」

一瞬だけ箸を止めて笑顔で梨依が言う。しかしすぐにステーキを口に放り込む姿に、相変わらずだなあと微笑ましさを覚えた。

――このあともスノーボードが下手なふりをするように、気を付けないと。

水を汲み終わり、そんなことを考えながら俺が席に戻ろうとすると。

「室崎凍夜さんですよね？」

突然背後からフルネームで呼ばれて、心臓が口から飛び出そうになるくらい、俺は仰天した。

慌てて振り返る。コップから水が少し零れてしまった。声をかけてきたのは、スノーボードウェアを着た、ふたり組の見知らぬ若い女性だった。

——しまった。馬鹿か、俺は。

ここはスキー場なのだ。他の場所よりも、スノーボードに興味のある人間が集まっているのは必然。

つまり、俺の認知度が格段に上がる場所でもある。

最近街でも全く声をかけられなかったし、知り合った人も俺のことを知らない人ばかりだったので、つい気が緩んでいた。

俺はビーニーを目深にかぶり直す。

「……違います」

低い声でそう告げると、俺はふたりの横をすり抜けて梨依の待つ席へと急いだ。

「えー、絶対そうだと思ったのになあ」

俺に声をかけた方の女性がいまだに疑っているらしく、背後からそんな声が聞こえてきた。……まあ、君の目は正しい。

「でも、違うって言ってたよ?」

「え、でもあの顔は絶対そうだったって。やっぱりかっこいいなあー。サイン、くれないかな」

「もし本物だとしてもプライベートなんだからさ。そっとしといてあげようよ」

しつこく俺の話をする女性のひとりを、もうひとりが諭していた。「そっか、そうだよね」と俺に声をかけた女性がしぶしぶ納得したような言葉を言う。それを聞いて、俺は心から安堵する。

なんとかピンチは切り抜けられたようだ。でも、まだこの場所には俺のことを知っている人がいるかもしれない。

このあとは、もっと気を付けて行動しなくては。

そう決意しながら、梨依がいるテーブル席へと戻ってきた俺。もう完食しているかと思いきや、まだステーキ丼は残っていた。が、梨依は箸を止めて、テレビに釘付けになっている。

その画面にはなんと、俺が映っていた。

一昨年行われた、USオープンという国際大会の映像だった。十九歳の俺が表彰台の一番上に立てた大会だ。

ご丁寧にも、画面の下部に俺の顔写真と「Ｔｏｙａ　Ｍｕｒｏｓａｋｉ」という名前が、ばっちり出ていた。

三回あるうちの三回目、もうあとがない状況でのＲＵＮを画面の中の俺は滑っていた。フロントサイドダブルコーク一四四〇という技を見事に決めている。

「……凍夜くんが、空を飛んでる」

画面を凝視しながら、梨依が呆けた表情で呟いた。

青空が背景の中、パイプのリップから飛び出して重力に逆らうように回転している俺は、梨依の言う通り空を飛んでいた。

RUNが終わって、得点が出る。九三・七という高得点はこの時点で圧倒的一位だった。国際大会での優勝は初めてだったから、この時は嬉しかったのを覚えている。

喜びを表現することが苦手な俺だけど、抱えていたボードを上にかかげて小さく微笑んでいた。

そんな二年も前の俺の姿を、梨依は真剣な面持ちで眺めていた。


衝撃のランチタイムのあと、俺たちはまたゲレンデへと向かった。

「なんでスノーボードの選手だって黙ってたの？　めっちゃかっこいいのに！」

ずっと嘘をついていたというのに、梨依はかけらも怒らずに笑って言った。

「……まあ、なんとなく」

俺は曖昧に笑って、要領を得ない答えしか言えない。俺の今の状況を詳しく説明する気にはなれなかった。

「……あ、でもスノーボードの世界レベルの選手だって言われたら、最初に会った時に旅のお供になんて誘わなかったなあ。そんなすごい人にこんなお願いするなんて滅相もないもん。そう考えると、黙っていてくれてよかったわ～」

「そっか」

「でも、なんだか納得だよ。凍夜くん、一緒にいるうちにどんどん無職感なくなっていくんだもん。お金も持ってるし、だらだらしてないし怪しいなって。だけど暇じゃなければこんなことに付き合ってくれないはずだし、やっぱり無職だよねって考えてたんだー」

「だらだらしてないかな、俺」

「うん。なんかうまく言えないけど、ちゃんと自分の考えを持った上で私に付き合ってくれてるって感じがするんだよ。それもスポーツ選手だって分かれば納得だわ～」

梨依は破顔する。

しかし梨依が、現役のスポーツ選手の生活を詳しく知らないようでよかった。どうやら俺のことを、長期休み中とでも思ったらしい。

本来ならば、オフシーズンでもトレーニングやらジャンプ台での練習やらで長時間こんなことに付き合う暇はないのだ。

「ね！　ちょっと本気で滑ってみてよっ。上級者コースでさ！」

瞳を輝かせて、梨依がお願いしてきた。

ゲレンデの上級者コースなんて、俺にとってはなんの障害もないに等しい。ハーフパイプでなければ、怪我を負う前のように滑ることは一応今の俺にも出来る。

「いいよ」

ふたつ返事で了承すると、梨依は「やったー！」とはしゃいだ。

早速ひとりでリフトに乗って、上級者コースの頂上まで向かった。梨依は「滑り降りてくるところを見たい！」と、コースの一番下で待っている。

レンタルのボードで、俺はスピードに乗って滑り降りた。途中でターンや軽いジャンプなんかを決めながら。

滑降に近いパイプの内部に比べれば、あまりにも平坦なコースだった。猛スピードで滑っても、僅かな危険すら感じないほどに。

「すごいすごい！　超かっこいい！　こんなの初めて見たっ」

滑り降りた俺を迎えた梨依が、ぴょんぴょんと雪の上でジャンプして大喜びした。

彼女のボードは外され、離れた場所に刺さっている。

　俺が滑るところを見る方が楽しいのか、自分がスノーボードをすることなどもはやどうでもいいらしい。

　少し滑っただけで、ここまで全開で喜びを露にしてくれる梨依の様子が、素直に嬉しかった。

「もう一回見たい！」と梨依がせがむので、俺はもう一度リフトに乗り、頂上から滑り降りた。さっきと同じように、嬉々とした面持ちで俺を迎える梨依。

　他の客たちも俺の滑りを見ていたようで、周りに人が集まっている。

「すごい人がいる」なんて声が聞こえてきた。さらに三回目を滑り終えたあとは、

「室崎凍夜さんですよね？」なんて話しかけてくる人もいた。

「あ、そうです」

　もう隠す必要がないので、俺は素直に答えた。「すごい！　僕ファンなんです！」なんて、握手を求められたので、それにも応じる。

　――さっきの女性には悪いことをしちゃったな。

　梨依に俺の正体がバレる前の出来事だったので、偽るしかなかったのだ。次に会ったら謝っておこう。会えるか分からないけれど。

　なんてことを、ファンと名乗る男性との握手を終えた俺が考えていたら。

「あ、ねえねえ。さっき凍夜くんの正体に気付いた人に聞いたんだけどさ。ここのスノーパークにはハーフパイプもあるんだって？」

うきうきした顔でそう言った梨依だったが、聞いた瞬間俺の心臓が飛び跳ねた。

「ね、今度はそっちで滑ってみてよ～！　私、空飛ぶ凍夜くんを生で見たい！」

当然のことだが、なにも知らない梨依は無邪気に笑う。その表情が俺の心に重くのしかかった。

「……いや、ちょっとそれは」

動揺を悟られないように、平静を装って俺は答えた。苦笑を浮かべて、大それた事情など抱えていないかのように。――しかし。

「えっ、なんでダメなの？」

梨依はきょとんとした顔で食い下がってくる。

よほど俺の滑りを気に入ってくれたらしい。それは嬉しいけれど、ハーフパイプでのＲＵＮを求められるのは非常に困る。だって、今の俺にはそれが出来ないのだから。

「……実は、前のシーズンで怪我しちゃって。それからハーフパイプでは滑ってないんだよね」

しっかりとした理由がないと納得してくれないだろうと悟った俺は、正直に事情を説明した。あくまで、軽い調子で。

　瀕死の重傷を負っただとか、トラウマを抱えて滑れないなんてことは、言いたくなかった。口に出して誰かに説明出来るほど、まだ心の整理がついていなかった。

　それをした瞬間、俺の心は余計傷を負ってしまうような気がしたのだ。

　梨依がこれで諦めてくれればいい。――だけど。

「えっ、そうなの？」

「うん」

「でももう怪我は治ったんでしょ？　じゃあ出来るじゃん。見たいなあ～」

　梨依はまったく引き下がる様子はなく、前のめりになってまたお願いしてくる。よっぽど、レストランで見た空飛ぶ俺に魅せられたようだ。

「うーん。でもまだちょっと怖くて」

　――そう、ちょっと。ちょっと、怖いだけだ。

　まるで自分に言い聞かせるように俺は答える。

　ちょっと怪我の影響があるだけ。ちょっと休んでいるだけ。そろそろ本腰を入れて復帰を考えなければならない俺は、そう思い込もうとした。

「えっ。まさかもう引退するの？」

煮え切らない俺の態度を不思議に思ったのか、梨依が眉をひそめた。

引退、という言葉を聞いてどきりとする。もちろん、そんなことは一切考えていない。

引退なんてありえなかった。俺はまだ、五輪で世界一になるという幼少の頃からの夢を叶えていない。身体能力が全盛期であるはずの二十代前半の今、競技から退くことなどありえない。

だけど今の俺はまだ、ハーフパイプで空を飛べる気など全くしないのも事実だった。

「……いや、しないけど」

知らぬ間にぶっきらぼうな口調になってしまう。

このままの状態がずるずると続けば、自然と引退という形になってしまうことは頭では分かっている。

しかしそんな現実は到底受け入れがたくて、俺は言葉にして否定する。

「じゃあ怪我は治ったんだしさ。早めにハーフパイプで滑ったほうがよくない？」

非の打ち所のない正論が、死に際にもかかわらず能天気ぶっている梨依から吐かれる。

……俺の中で苛立ちが生まれた。

「いや、今日はそういう気分じゃないんだよね」

「えー。こんなにお願いしてるのに？」

「ごめん、無理」

「そんなー！　空飛ぶ凍夜くんめっちゃかっこよかったのに！　ね、お願い！　一生のお願いだからさ！」

──『一生のお願い』。

子供が親におもちゃをねだる時とか、恋人同士の他愛のないやり取りの中とかに、よく聞くありふれたフレーズ。

この言い回しを生きている中で一度も発さない人は、おそらく少数派だろう。そう、人は人生の中で何度も、『一生のお願い』を冗談交じりで言うのだ。

しかし、梨依は。今の梨依が言う『一生のお願い』は。

本当の意味での『一生のお願い』になってしまうのだった。

──梨依。分かって言ってんの、それ。

彼女が分かっていたとしても分かっていなかったとしても、無性に俺は腹が立ってしまった。

なんでいつだって君はそうなんだ。もうすぐ確実に死ぬというのに、へらへら笑って、世間話をするかのように軽い口調で「私もうすぐ死ぬから」って。

対して、俺は。

大怪我を負った時の「ああ、死ぬんだな」という恐怖と痛みが蘇る度に、強い吐き気が込み上げて、倒れそうになるほどの絶望と恐怖で支配されて、たまらなくなってしまうというのに。

「……うるさいな。梨依には分からないよ」

低い声で、俺は言った。梨依は虚を衝かれたような面持ちになる。

「凍夜くん？」

「もうすぐ死ぬっていうのに、いつも能天気でさ。死ぬのなんて怖くないんだろ。……そんな奴には、俺の気持ちなんて分からないよ」

「え……？」

「……先、部屋戻るわ」

そう告げたあと、梨依を置き去りにして俺は進む。

怒りやら情けなさやらで胸がぐちゃぐちゃだった。なにを言っているのだろう、俺は。こんなのただの八つ当たりじゃないか。

分かっているのにいつまでも過ぎ去ったあの時の恐怖が消えない、どうしようもなく弱くて脆い俺。

梨依はそんな俺なんかよりもずっと、恐ろしい状況に直面している。決して逃れることが出来ない死が、彼女にもうじき訪れるのだ。

それなのに、表面上はまったく運命を恐れる風もなく、飄々と過ごしている。

そんな彼女の振る舞いが俺をさらに情けない存在へと貶めたような気がした。さっき梨依が初めて、俺の事情について言及したことによって。

——そんなの、俺の勝手な思い込みだ。梨依に対する当てつけだ。

頭では分かっている。だけど、このまま一緒にいたらもっと辛辣な言葉を梨依に浴びせてしまう気がして、俺はスノーボードを脇に抱えてどんどん彼女から遠ざかる。

しかし。

きゃー！　という女性の悲鳴の直後、背後からどよめきが聞こえてきた。何事かと、反射的に俺は足を止めて振り返る。

さっきまで俺がいた場所に、にわかには信じがたい光景が広がっていた。

瞬間、呆然として立ち尽くしてしまった俺だったが、すぐに抱えていたスノーボードを放り出して走り戻る。

梨依がお腹を押さえて雪の上でうずくまっていた。周囲の人たちは、「どうしたの!?」「い、いきなり倒れて!」「大丈夫ですか!?」なんて、慌てふためいている。

「梨依!」

駆け寄った俺は雪の上に座り込んで、すぐに彼女を抱き寄せる。さっきの険悪なやり取りなど、もはやどうでもよかった。

梨依の顔は生きている人間には見えないほどに蒼白で、荒く小刻みに呼吸をしていた。

どうしてだ。まだ余命は残っているはず。なぜこんなに苦しんでいる。

梨依のただならぬ様子は、このままもう死んでしまうかのように思えてしまって、俺は酷く動揺する。

「と、やくん……。だいじょう、ぶ。例の、ほっさだから……」

涙ぐむ俺に向かって、梨依が途切れ途切れに言った。

——これが、道重先生が言っていた発作。

酷い発作がもうじき起きることは、常に念頭に置いてはいた。

しかし想像よりも遥かに突然で壮絶な様子だったため、まさかこれがそうとは瞬時に認識出来なかったのだ。

「……梨依、大丈夫?」

俺が問いかけるが「う……」と言って梨依は答えない。痛みに耐えているのか、食いしばった唇からは血がにじんでいる。

あのいつも元気そうに食事をする梨依とは、あまりにかけ離れた苦悶の表情。数分で治まるとの話だったが、とてもそうは見えなかった。

本当にただの発作なのか？　なにかの間違いが起きて、梨依の最期が今訪れているのではないか。……このまま息絶えてしまうんじゃないか。

そんな絶望的な思考へと陥った俺は、「自分が酷いことを梨依に言ったせいなんじゃないか」とすら、考えてしまった。

「……すぐ、治まる、よ……。あったかいとこ、行きたい……」

梨依が消え入りそうな声でそう紡ぐ。その願いを叶えるために、俺は梨依をおぶった。痛みで力が入らないのか、ぐったりとした梨依は俺の肩に手を回すことも出来ない。

しっかりと背負わないと、すり抜けてどこかへ行ってしまいそうにすら思えた。俺は腕と手のひらに力を込めて梨依を担ぐ。

――ごめん。ごめんな、梨依。

脆弱な様子の梨依を見て自責の念に駆られる俺。

死ぬのが怖くないわけないよな。

……俺はとっくに気付いていた、梨依の本心に。

本当は怖くて怖くてたまらないから、おいしい料理を食べて気を紛らわせるしかなかったんだって。

家族や友人が悲しむ姿を見たら、自分がもうすぐ死ぬことを突きつけられる気がするから、真実を打ち明けられないんだって。

気付いていた、全部。

朝食の時の梨依が何日かに一度腫れぼったい目をしていて、その頻度が最近増えていることも。

遠くの景色をぼんやりと見ている時の梨依が、なにを考えているのかも。

俺はいまだに、どこかで「もうすぐ死ぬのに、よく能天気に飯を食ってなんていられるよな」って思っていた。……いや、思いたかっただけだ。

俺が克服出来ていない死の恐怖から逃れられる方法を、君が知っているんだと思い込みたくて。

俺は「自身のトラウマを克服するための材料を得たくて、死を恐れない梨依と一緒にいることにしよう」と考えて君の最後の旅に付き合うことにした。だから薄々感付いていた梨依の本音を認めてしまったら、その動機自体が失われてしまうように思えて。

　俺と君が行動を共にする理由が、なくなってしまうような気がして。

　本当はもう、俺にとってそんな都合のいい精神など君は持ち合わせていないって、どこかでは分かっていたのに。

　だから笑顔の裏に隠された君の素顔を、俺は見ないふりをしていた。気付かないふりをしていた。

　君が本当は底知れない恐怖を常に抱え、それと闘っていることを。「死にたくないよ」と、今にも叫び出したい時があることも。

　――なあ、梨依。俺がハーフパイプで滑るところなんて、いくらでも何度でも、気が済むまで見せてやるから。お願いだから、これからもずっと笑って「あー、おいしかった。ごちそうさまでした」って言ってくれよ。……余命百食なんて嘘なんだよって、笑い飛ばしてくれよ。……どうか死なないでくれ。

　少し前に彼女に憤慨したこととか、自身が抱えているトラウマとか。

　そんなことは都合よく忘却の彼方へと追いやって、俺は心の奥底からそう祈った。

センターハウスに着いたら、とりあえず備えつけのソファに梨依を寝かせた。救護スタッフが常駐しているはずなので、捜そうと梨依の元を離れようとしたが。

「……大丈夫。もう、治まってきたから」

俺をそう呼び止めた梨依は、冷や汗をかきながらも口元を笑みの形に歪めていた。言葉通り、痛みが引いてきたようだった。

その後数分したらすっかり治まったようで、梨依は「あー痛かったー。死ぬかと思ったー」とけろりとしていた。

道重先生の説明通り、本当にたった数分で治まる発作だったようだ。しかし、数分のなんと長かったこと。

分かっていたはずなのに、気が動転してしまった自分が恥ずかしい。

――先生にも、俺が落ち着いて見守ってくれって言われていたのに。

発作が治まった梨依は普段となんら変わらない様子だったが、「なんか疲れちゃったから今日はもう旅館行こっか」と言い出したので、俺はそれに従うことにした。俺も到底、スノーボードをやる気分ではなかったし。

「本当に大丈夫なの」とか「俺の方が慌ててごめん」とか、「病院は行かなくていいの?」とか何回か声をかけたけれど、梨依は「まあ」とか「うん」とか「いい」とか、短く答えるだけだった。

ゲレンデから徒歩数分の距離に位置していた旅館へと、俺たちは向かう。部屋でそれぞれ休憩してから旅館内のレストランで夕食をとることにした。

料理が提供されるまでの時間、梨依は黙ってスマートフォンをいじっていた。いつもなら俺と中身のない話をする時間に。

――発作の前に言ったこと、怒っているんだろうか。

いつもと違う梨依の態度に不安を覚えるも、うまく言葉が見つからず、俺たちは黙りこくってただ料理が来るのを待った。

提供された和食御膳を、いつものように「おいしい」と言いながら食べる梨依の姿に、少しだけ安心する。

御膳をきれいに平らげ「あー、おいしかった。ごちそうさまでした」と、決まり文句を言ったあと、

「なんかほんとに今日は疲れた。久しぶりのスノーボードと発作のせいだなー、きっと。……もう今日は寝るね」

発作前に俺の言ったことには触れずにそう俺に告げた。

時刻はまだ七時を少し過ぎたくらい。就寝には早すぎる時間だが、梨依の顔には疲

労が色濃く刻まれていたので、その方がいいだろう。

「……そっか」

もっと言うことがあるだろう、と自分自身を胸の内で叱りつける。

発作が起きてうやむやになってしまったが、俺が梨依に暴言を吐いた事実が消えたわけではない。

しかしあのことを自分から蒸し返すのは気が引けてしまって、それ以上なにも言えないまま、梨依と共にレストランをあとにした。

隣同士の部屋の近くまで戻ってきた時だった。

「ね、凍夜くん。私の部屋でさ、ちょっと話をしない？」

梨依がそう提案してきた。驚愕するも、もちろん拒否なんてするわけがない。そう切り出さなければならないのは、むしろ俺の方だったのだから。

梨依の部屋に入ると、すでに布団が敷かれていた。

「あ、先に寝る準備していい？　着替えたり歯磨きしたりとか。なんか話しているうちに寝落ちしちゃいそうでさー」

軽く笑って梨依が言う。「いいよ」と俺が了承すると、梨依は洗面所で歯磨きをし始めた。その後、俺の死角になる場所でアメニティの浴衣に着替えた。

ホテル太陽で浴衣姿の梨依を見た時に、厄介な気分になったことをふと思い出した。しかし今日はそんな気持ちはとんと湧かない。

そんなことよりも、俺たちを取り巻く事態がもっと厄介だったからだろう。

「横になりながら話していい？」

浴衣姿になった梨依がそう尋ねてきて、俺は「うん」と答える。

梨依が滑り込んだ布団の傍らに、俺は腰を下ろした。——すると。

「……ごめんね、凍夜くん」

謝るべきは俺であるはずなのに、なんと梨依の方が先に謝罪の言葉を口にした。虚を衝かれてなにも声を発せないでいると、彼女はこう続ける。

「私凍夜くんのことなにも知らなくて。無神経なこと言っちゃってさ。……すごく大きな怪我をしたって、さっきネットで見たんだ」

どうやら夕食の前に梨依がスマートフォンをいじっていたのは、俺の名前を検索していたらしい。

「……もう少し当たり所が悪かったら命を落としていたかもとも書いてあって。そりゃ、ハーフパイプで滑るのが怖くなっちゃうよね。……本当にごめん」

掛け布団を手で握りながら、梨依は珍しくしおらしい声で言葉を紡いだ。本当に心から申し訳ないと思っている素振りだった。

「……謝るのは俺の方だよ。あんなこと言ってごめん」

横になる梨依を見下ろすように見つめながら、俺はやっとのことでそう言った。

死ぬかと思ったけれど、九死に一生を得た俺。一方で梨依には、決して抗うことの出来ない確実な死という運命が待っている。

俺の立場であんなことを言っていいはずがないのだ。

しかし梨依は、「ふふっ」と小さく笑い声を漏らしたあと、俺にこう尋ねた。

「やっぱりまだ怖いの？　ハーフパイプで滑るの」

「うん」

俺は迷わず首肯した。

トラウマを抱えてから、誰にも言っていなかった本音。自分自身ですら、認めたくないほどの怯懦な感情。

だが不思議と、今はもう梨依にそんな弱い自分を見せることを俺は迷わなかった。

余命を俺に告げ、最期の日まで食事を楽しもうとしている彼女に、自分を偽っても仕方がないと思えたのだ。

「怪我のあとは一刻も早く競技に復帰したくて。頑張って早めに治してリハビリして、前のシーズンの終わりに滑りに行ったんだ。……でもダメだった。ドロップインしようとしたら、頭が真っ白になって、足がすくんで。とてもじゃないけど、以前みたいに滑れる状態じゃなかった」

俯いて俺が詳細を説明すると、しばらくしてから梨依の言葉が返ってきた。

「……そうだったんだ。だから私に無職だなんて嘘を言ったんだね」

俺はこくりと頷いた。

「……怖いよ、まだ。ハーフパイプなんて見たくもない。でももう今シーズンは始まっているし、そろそろ怖がっているのも潮時なんだ。でも怪我した時に俺、『ああ、死ぬんだな』って思っちゃって。……あの時の、どんどん五感がなくなっていく感覚を思い出すたびに、苦しくてたまらなくなる」

「そっか……。そうだよね、死ぬような思いをしたんだもん。怖くて当たり前だよ、そんなの」

布団に入っている状態で、梨依は俺に向かって手を伸ばした。俺は導かれるように彼女の手を握る。

梨依の手のひらはとても温かかった。当然だけど、生きている人間の体温だった。その温かみは、俺の中を支配している恐れを溶かしていく。

――梨依が発作で苦しんでいて、彼女を背負って運んでいる時。

俺はそれまで抱えていた恐怖をあっさりと投げ捨てて、「いくらでもハーフパイプで滑るところなんて、何度でも、気が済むまで見せてやるから。……どうか死なないでくれ」と懇願した。

あの時の感覚は、まだ少しだけ俺の中に残っている。俺は梨依を見つめて、口を開いた。

「……だけどさ、梨依」

「ん？」

「さっき梨依が発作で倒れた時、俺気が動転しちゃって。梨依がこのまま死んじゃうんじゃないかって思って。……あの時は『滑るところなんて、いくらでも見せてやるから。死なないでくれ』って思った」

俺の言葉を聞いた梨依は驚いたように目を見開いたあと、破顔した。

「えっ、マジで？　私の発作効果すごくない？　そんな風に思ってくれるなんてさ」

「うん、すごいよ。俺にそんな風に思わせるなんて」

俺が素直に肯定すると、梨依の微笑みに照れが混ざった。

「明日さ。ハーフパイプに行ってみようと思う。見てよ、俺が滑るとこ。……空飛ぶとこ」

梨依の手を握る自分の指に、今まで以上に力を込めて俺はそう告げた。

「えっ、すごく嬉しいんですけど」

「そう思ってくれてなによりだよ」

「けど、凍夜くん無理してないの？」

「……正直、ちょっと無理してる」

また素直に情けないことを言ってしまう。

梨依の前ではかっこよくいたいという思いと、正直に弱音を吐きたいという気持ちが今の俺には混在していた。

しかしいつもあけすけな梨依を前にすると、弱い方の自分が引き出されてしまう。

梨依は、布団から上半身だけ起こして、俺にこう言った。

「ねえ。私のリュックのポケットの中に、除菌シートがあるから取ってくれないかな？」

「え、いいけど」

梨依の意図がまったく読めず戸惑う俺だったけれど、素直に従って除菌シートをリュックから取り出し、彼女に手渡す。

一体なにをしようとしているのだろうと考えていると、梨依は右耳のピアスを外した。俺がつい最近彼女に贈ったばかりの、金色のフープピアスを。

それを除菌シートで丁寧に拭いたあと、梨依はにんまりと俺に向かって微笑んだ。

「ね、凍夜くん。耳貸して」

「え？」

「いいから耳を差し出したまえ」

芝居がかった不遜な口調で梨依が告げる。戸惑いながらも、言われるがまま右耳を梨依の方へと向けた。

すると梨依が俺の耳に触れて、なにやらごそごそし始めた。くすぐったくて身震いしそうになったのを、なんとか堪える。

「ね、そこの鏡見て」

耳のこそばゆい感覚がなくなったあと、梨依に言われるがまま、ちょうど今いる場所からでも見える壁に貼り付けられていた姿見に視線を合わせる。

俺の耳にはゴールドのフープピアスがきらりと光っていた。ついさっきまで、梨依の耳に装着されていたピアスが。

梨依の方を向くと、彼女の耳にはシルバーのフープピアスがぶら下がっている。

こっちは俺がいつもつけていたピアスだ。

「それはお守りだ。私の魂が宿っているから、きっとすごい効力があるぞ。私は耳が寂しくなっちゃうから、凍夜くんのをつけることにしたぞよ」

そう言って得意げに梨依は笑う。その偉そうな言い方がおかしくて、俺はふっと噴き出す。――そして。

「それはありがたい。きっと絶大な効力があるに違いない。俺は明日、ハーフパイプで完璧に滑れるはずだ」

ゆっくりと、断言するようにわざと芝居がかった調子で俺は言った。梨依は「あはは」と笑い声を上げて、

「でしょ？」

と、本当に楽しそうな顔をした。

そのあと、梨依は掛け布団を被って寝っ転がったまま、俺にスノーボードの話をいろいろ尋ねてきた。

五輪で銅メダルを獲ったと言ったら「えー！　やば！　ちょ、おま有名人じゃーん！」と嬉しそうにからかってきた。

双子の弟も実は選手でライバルだと告げたら、弟の写真見たい！　とせがんできた

ので、俺はあいつのインスタのアカウントをスマートフォンに映して差し出した。

——すると。

「弟イケメンじゃない!?　結構好みなんだけどっ」

と、興奮した様子で言ってきた。

——なんだか無性に苛立った。

はっきりとした顔立ちの俺と、いわゆる塩顔の雪翔は、同じ親から生まれたわりにまったく系統が違う。

梨依はどうやら、さっぱりとした顔の方がタイプらしい。

「でも五輪でメダル獲ったのは俺だし。ここ何年かは俺あいつに負けてないし」

ムッとして、ついあいつよりも俺の方がすごいとアピールしてしまう。

そう言ったあとに、なに対抗してんだ俺はとすぐに我に返った。今までにも雪翔の方が好みだという女性とは何人か会ったことがあるが、その時は一切なにも感じなかったというのに。

梨依は真顔になって俺を見つめた。

「負けず嫌いな凍夜くんなんかかわいい」

ぼそりとそう呟かれる。なんだか恥ずかしくなって、俺は目を逸らす。

そんなとりとめのない話をしていたら、次第に梨依の目が半開きになってきた。口数もどんどん少なくなっていく。

そして、いつの間にか瞳をしっかりと閉じてしまった梨依が、覚束ない声でこう言った。

「……凍夜くんを気に入った死神は。私が一緒に、連れていくよ……」

梨依はその直後に寝落ちしたらしく、すーすーと小さく寝息が聞こえてきた。

俺は、切なくて嬉しくてもの悲しい気持ちになってしまった。

君はすでに、死神の熱烈な愛から逃れられない状況だというのに。他人の事情を慮る余裕など、ないはずなのに。

どうして君は、俺の今後を気にかけることなど出来るのだ。

そんなお人好しだから、死神に付け込まれるんだ。

……そして俺の頑なで凍った心に入り込めたのだ。

梨依の側から離れたくない。もう一分でも一秒でも、離れたくない。

俺は、梨依が寝ている布団の傍らの畳に寝そべる。そして梨依が穏やかに眠る姿を眺めながら、眠りについた。

あくる日、俺たちはまた南郷スキー場を訪れた。

少しの間、梨依と初心者コースを滑って準備運動をしてから、スノーパークに設営されていたハーフパイプへと向かう。

今日は体に馴染む自前のウェアを着て、スポンサーのロゴが入ったボードを抱えて、俺はパイプのデッキに立っていた。八か月以上も車のトランクに放置されていた、俺専用のボード。ケースから出したら少し埃臭くて、俺は苦笑いを浮かべてしまった。

ボードのバインディングを取り付けたあと、俺はデッキの上からパイプの底を覗き込んだ。その深さ、約五メートル。

ドロップインして滑り、空に向かって飛び上がってトリックを決める際、リップから計算して七メートル近くもの高さが出ることがある。つまり、パイプの底面からの高さは単純計算で十二メートル。

昔小耳に挟んだが、それはビルの三階に相当する高さらしい。よくこんな危険な競技を今までやり続けていたなあと、改めて思わされる。

梨依は、パイプの終わりで俺が滑り降りるのを待っていた。パイプの頂上からは、白いウェアを着た彼女が小さく見える。

俺がちらりと視線を送ると、すぐに気付いて元気よく手を振ってくれた。

小さく手を振り返したあと、改めてハーフパイプ全体を眺めた。心音がやけに大きい。呼吸が自然と荒くなる。——怖い。

このままスノーボードを外して、遠くにいる梨依の元へ行きたい衝動に駆られた。

だが俺は、そんな思いを振り切るかのように、右耳に触れる。グローブ越しにあるのは、微かなピアスの感触。

自分でそのピアスを視認出来ないのが、とても残念だった。しかしこれには梨依の魂が宿っているらしい。

「すごい効力がある」とお墨付きの、世界にひとつだけのお守り。

『……凍夜くんを気に入った死神は。私が一緒に、連れていくよ……』

昨晩の梨依の言葉が、脳内に蘇る。

……違うだろ。

生還した俺に死神はもう興味がないはずだ。もしまだその辺をうろうろしていたとしても力ずくでねじ伏せる。俺が恐怖に打ち勝つことで。

そうすればひょっとしたら、もしかして、梨依に恋をした死神だって恐れをなしていなくなるんじゃないか。……なんて思うのは、さすがに都合がよすぎるか。

とにかく、梨依が俺が空を飛ぶところを見たいとご所望なのだ。そんなのもう飛ぶしかないだろう。

ピアスの感触を名残惜しく思いながらも、俺は手を耳元から放して構える。そしてごくりと唾を飲んでから、ドロップインをした。

恐怖を覚えたのはほんの一瞬だった。リップからパイプ内へ降りる時の、ほんの刹那。

そのあとは、なんてことはなかった。

俺の体が、心が。ハーフパイプの楽しみ方を覚えていた。すぐに気分は高揚し、あんなに膨らんでいたはずの恐怖はどんどん萎んですぐに消滅した。

ドロップインした壁とは反対側のリップから空へと飛び上がると、俺はフロントサイドコーク九〇〇という、縦に一回転しながら横に二回転半回る技を決めた。

パイプの周囲にいたライダーから、どよめきが上がる。

そのあとも、かつてやっていた技を次々に決める俺。

さすがに絶頂期よりも飛距離は全然出せなかったし、俺が完成させた技の中での最高難度のトリック、フロントサイドダブルコーク一四四〇までは出来なかった。

が、これだけ滑っていなかったにしてはかなりいい線をいっていたはずだった。

滑り降りて、雪煙を上げながら俺がボードを止めると、周りから歓声が上がり、梨依が駆け寄ってきてジャンプしながら抱き着いてきた。

　あまりの勢いに、俺は受け止められずふたりで一緒に雪の中に倒れ込んでしまう。

頭から雪をかぶった梨依の姿に、俺が声を上げて笑うと梨依も満開の笑みを浮かべていた。

「今の誰⁉」

「室崎凍夜だって！　すっげー」

　周囲からそんな声が聞こえてくる中、やっと立ち上がった梨依が興奮した面持ちで矢継ぎ早にこう言った。

「やっばいすっごい！　めっちゃ鳥肌立ってる！　本当にすごい！　マジかっこいいんですけどっ！」

　語彙力がまったく感じられない幼稚な褒め言葉に、梨依の感情がそのまま出ている気がして、嬉しさが込み上げる。

「あー……うん、ありがと」

　照れているのを誤魔化すように、俺は淡々と答える。

　まだ正直現実感がなかった。数分前まで「もう二度と滑れないんじゃないか」って、恐怖に慄いていたというのに。

今いる位置からハーフパイプを眺めてみた。少しずつ高くなって聳え立つ雪の筒は、無機質で非情な怪物に見えた。

だけどドロップインした直後の感覚を思い起こすと、恐怖心よりも興奮と楽しさが甦る。

物心つく前からハーフパイプで滑っていたせいだろうか。どうやら俺には、ドロップインさえしてしまえば、無我の境地になれる精神が培われているらしい。

「――人間って空を飛べるんだなあ。私、今まで知らなかったよ」

梨依がしみじみと言った。

「……俺、ちゃんと空飛べてたかな」

梨依が昨日センターハウスで見た映像よりも、トリックのレベルは比べ物にならないほど低かったし、高さだって出ていなかったはずだ。

だから、俺は梨依が満足出来るほど空を舞えていたのか不安だった。

すると梨依は、ゆっくりと深く頷いた。

「ばっちり飛べてたよ。私の常識がぶち壊された瞬間でした」

「そっか」

それは最高の称賛だった。俺は常識をぶち壊すことの出来る、偉大な男だったのだ。

――同じようにぶち壊せないのだろうか。余命百食とかいうふざけた病も。

「……まさか、凍夜くんがこんなにかっこいいだなんてさ」

褒めちぎりタイムがやたら続くなあと思った俺だったけれど、そう言った梨依の瞳はどこか切なそうな光を宿していた。

なにか深い意味が込められているように思えて、気になった。しかし「かっこいいってどういう意味？」と尋ねるのはさすがに調子にのりすぎな気がして、追求するのは憚られた。

すると、梨依の右耳に銀色の輪がぶら下がっているのが見えた。

「あ、お守り。返すよ、ありがと」

そう言って俺は自分の右耳に装着した梨依のピアスを外そうとした。しかし梨依は首を横に振る。

「ううん、いい」

「え？」

「このままで、いい」

もの悲しい光を湛えたままの双眸で梨依がそう答えたので、俺は「そっか」と返事をするほかなかった。

あと二十三食

トラウマを跳ねのけて、俺が梨依の前で空を飛んだ日の翌朝。

今日は旅館をチェックアウトする予定だった。そのあとどこに行くのかはまだ聞かされていない。まあ、それはいつものことだが。

俺は待ち合わせの七時半にビュッフェ会場を訪れた。

しかし梨依はまだ来ていなかった。すぐに姿を現すだろうと待っていたが、五分経っても十分経っても来なかった。

寝坊かなと最初は軽く考えていた俺だったが、約束の時間を十五分過ぎた頃に最悪の考えが頭をよぎった。

――なんらかの間違いが起こって、梨依の寿命が尽きてしまったんじゃないか。

慌てて、梨依の部屋へと向かった。すると意外な光景が目に飛び込んできた。

部屋の前には清掃用具が積まれたワゴンが置いてあって、扉は開いていた。中を覗き込むと、旅館の仲居さんが布団からシーツを剝がしている。

「……あの。ここに泊まっていた女性は？　俺の連れなんですけど」

部屋の入り口から仲居さんに声をかける。すると彼女は困ったような顔をしてこう答えた。

「お連れ様ですか？　先ほどチェックアウトされましたが……」

「え」

掠れた声を漏らす俺。

一体どういうことだ。わけが分からない。

俺は自分の部屋に戻り、枕元に投げてあったスマートフォンを慌てて手に取った。そして梨依へ『どこ行った？』とメッセージを送ってから、電話をかける。しばらく呼び出し音が鳴ったあと、『応答なし』と画面に表示された。メッセージも既読にならない。

ひょっとしたら、ブロックされたのではないだろうか。もし梨依が自らの意思で俺の前からいなくなったのだとしたら、その可能性は極めて高い。

呆然としてしまう俺。なにが起こったんだと思いながら、部屋でぼんやりとすることしか出来ない。

やがてチェックアウト時間が迫ってきて、俺はなんとか気力を振り絞って身支度をし、荷物を抱えてフロントに向かった。

すると、精算が終わった時にフロントの仲居さんからこう告げられた。

「室崎様、お連れ様からお手紙を預かっております。どうぞ」

手渡されたのは白い封筒だった。受け取って中身を出そうとしたら、糊で封をされていた。俺は乱暴に封筒の上部を破る。中の便せんが少し破れてしまった。

そして、急いで開いたその便せんには。

『ありがとう。ごめんね。さようなら』

きれいな筆跡で、たったそれだけが書かれていた。梨依からのメッセージ。

――おい。あんなに毎日一緒に過ごして、いろいろな物を一緒に食べたのに。たったそれだけで終わらそうとするなよ。

梨依は俺の前から姿を消してしまった。


どこへ行きやがったあの女。あんな体で。

手紙の内容に、怒りがふつふつと湧いてきた。俺はイライラしながらも、とりあえず関東に向かって車を走らせる。

なんなんだよもう。

俺の前にいきなり現れて、「余命百食になっちゃってあともう少しで死ぬから、おいしい物を食べるの付き合って」だなんて、無茶なことを頼んでおいて。俺は君が望んだ通り、行きたいと言った場所に行って食べたい物を共に食べたじゃないか。

それなのに、あんな手紙一枚でいなくなるなんて。あまりに自分勝手だ。自己中心的だ。傍若無人だ。

——絶対に見つけてとっちめてやるからな。覚悟しとけよ。

途中、高速道路のサービスエリアで休憩を取ることにした俺は、『りーのおいしい日記』にスマートフォンでアクセスした。

俺が梨依と行動を共にするきっかけとなったブログ。ここに書いてあった鎌倉の店を巡っていたら、梨依と出会ったのだ。

きっとブログ内の記事に書かれている店のどこかで、梨依は今日も食事をとっているに違いない。

彼女が俺からいきなり離れた理由はとんと見当もつかない。しかし、なんらかの心境の変化があったとしても、食べることに貪欲な梨依はきっと死の直前まで食を楽しむことを諦めていないはずだ。

病院に行って出待ちをする方法も考えた。しかしもし梨依が自暴自棄になっていたとしたら、病院を訪れない可能性がある気がした。

しかし病院に行く気力がなかったとしても、おいしい物を求めることは最後の最後まで諦めないはず。梨依はそういう奴なのだ。

ブログ内で紹介されていて、まだふたりで行っていない店にひたすら行ってみようと心に決める俺。リストアップしたら二十軒見つかった。

高速を飛ばして都内についてから、まず一軒目、上野にある洋食レストランへと向かう。

ブログによると、一〇〇年以上も昔からある老舗洋食店で、看板メニューはオムライスだそうだ。

なんとなくどこかで店名を聞いたことがある気がする。ブログにも行列に並んでやっと入れたとあったから、有名店なのだろう。

ちょうど昼時だったこともあって、今日も店の前には数名の列が出来ていた。

列の中に梨依の姿はなかった。すでに入店しているのかもとか、これから来るのかもとか、さまざまな可能性を考えながら俺は列の最後尾に並ぶ。

俺の前に並んでいた女性ふたり組の話によると、今日は平日の中でも空いている方だとのことだ。

二十分程待って入店した。

しかし店内に梨依の姿はない。不発だ。

せっかくだからオムライスを注文し、梨依の来店を逃さないようにのんびり食べて一時間半ほど店に滞在した。

こんな状況の時でも、卵に包まれたバターの香るチキンライスが入ったオムライスはおいしかった。俺は「あー、うまかった。ごちそうさまでした」とさすがに声には出せないが、内心でつぶやいて両手を合わせる。

しかし梨依は姿を見せなかった。

そんな調子で夜、次の日の朝、昼、そして夜、と俺はリストアップされた店を巡っていく。梨依に会える確率を上げるためにランチやディナー時に二軒の店をはしごすることもあった。

だが、梨依がいなくなってから五日目の朝食を終えても、俺は彼女に再会出来なかった。

朝食をとった店をあとにして、停車した車の中で思考を巡らせる。ひょっとしたら、昨日俺が行った店を今頃訪れているのではないかとか、同じ時間に店にいたのに俺がうっかり見落としたのではないかとか、ひたすらいろいろな可能性を考える俺。

そのうちなにか見落としがあったのかもしれないと思い付き、『りーのおいしい日記』に再びアクセスし、記事をひとつひとつ丁寧に見ていく。

すると俺は重大なことに気付いた。最近梨依と俺が訪れた店が、半分以上ブログには書かれていなかったのだ。てっきり、今までブログに書いてあった店だけを巡っているんだと思い込んでいた俺は、その事実に大変なショックを受ける。

となると、梨依はどのように毎日店を選んでいたのだろう。すべて、彼女が行ったことがある店のようだったが。

店がブログに書かれていないとなると、俺に梨依の行き先など分かるはずもない。

このまま梨依に永遠に会えない可能性が高まって、底知れない恐怖に支配される。

「あー、おいしかった。ごちそうさまでした」と微笑む顔も、「凍夜くんが空を飛んだ！」と喜ぶ表情も、「無駄にイケメンな無職だな」と毒づく様子も、俺はもう二度と見られないのか？

それに、あと余命何食だった？ 数えるのが嫌で、なるべく考えないようにしていた。……だけどたぶん、多めに見積もってもあと十食やそこらではないだろうか。

俺は君に、もう会えないのか？ ここまで俺の心を占拠しといて。

なあ、そりゃないだろ。酷いよ。

絶望の底に突き落とされた気分だった。泣きそうになるのを堪えて、ぼんやりと梨依の姿を思い浮かべる。――すると。

スマホに知らない番号から電話がかかってきた。

「はい、もしもし」

とりあえず電話に出ると、それは意外な相手だった。

「お忙しい中恐れ入ります。私、旅館会津のフロント担当の者ですが、室崎凍夜さまでいらっしゃいますか？」

「……はい、そうですけど」

旅館会津は、梨依とスキー場に行った時に二泊した場所だ。

なぜそんなところから電話が？　俺は不審に思いつつも通話を続ける。

「お連れの女性の方のお忘れ物を見つけまして。広縁の座椅子の下にあり見落としていたようで、先ほど清掃の者が発見したのですが、女性の方のご連絡先が分からなかったので室崎様にお電話した次第です」

たしか、あの旅館にチェックインした時は俺が連絡先を記帳してふたり分の部屋を取った覚えがある。

梨依の名前だけ記入した覚えはあるが、それ以上の情報は不要とのことだったので書かなかった。

「……そうだったんですか。わざわざありがとうございます」

あいつ、なにを忘れやがったんだろ。大事なピアスだってなくすし、まったく。

俺は内心毒づきながら、こう尋ねた。

「それで、忘れ物はなんなんですか？」

「ノートです」

旅館の人の回答に、俺は虚を衝かれる。

――そうだ。なんで俺は今まで思い出さなかったんだ。

梨依はよく、ノートを眺めていたではないか。小学生の女子が好みそうな、やたらとファンシーな動物のキャラクターが描かれているノートを。

そしてノートを見ながら「今日はここのお店でご飯を食べたい」と、俺に告げていたじゃないか。

間違いない。俺が梨依と訪ねた店の中で、ブログに書かれていないものは、あのノートに書かれている。

――つまり、あのノートを手に入れさえすれば。

俺は梨依に再会出来るかもしれない。

「ノートの表紙にお連れ様のお名前が書いてありまして……。どうなさいますか？　室崎様のご住所に郵送という形でも、よろしいでしょうか」

「いえ、取りにいきます」

俺は食い気味で答えた。悠長に待ってなんていられない。……だって俺の手元にノートが届く頃には、きっと梨依は。

「承知いたしました」

「はい。今日中に向かいます。それでは失礼いたします」

「お待ちしております」

電話を切ってすぐに俺は車を発進させた。そして、スピード違反の切符を切られないように注意しながらも、車をぶっ飛ばして福島県へと向かう。

平日の道は空いていて、ナビでは四時間かかるはずの距離を三時間ちょっとで移動し、旅館会津に到着した俺は真っ先にフロントに向かって、ノートを受け取った。

表紙には『りーのおいしい日記　さき村りい』とつたない字で書かれていた。とてもじゃないが大人の女性が書く字ではなく、俺宛ての彼女からの手紙の字ともまるで異なっていた。

ノートの表紙は思った以上に色褪せていて年季が入っているように見えた。きっとこの字は梨依本人が幼い頃に書いたものなのだろう。

はやる気持ちを抑えられない俺は、その場でノートを開いた。心音がけたたましく鳴る。

まず、一ページ目。


『お母さんはわたしによくおいしいものを食べさせてくれる。おいしいものを食べるととってもしあわせな気もちになるので、おいしいものを食べたらこの日記に書いていこうと思います。』


そのあとのページには、日付とその時の梨依の年齢、食事をとった店や料理の味の感想、その時の状況などがただひたすら書かれていた。

年に数回しかこのノートに書き込むことはないらしく、最後に書かれたページの日付なんて三か月前だった。本当においしいと感じた日の記憶のみ、ここに刻むことにしているのかもしれなかった。

梨依の原点が、俺の知らない梨依のすべてが、このノートには詰まっている気がして。

もう残された時間は少ないというのに、俺はつい読みふけってしまった。

特に、俺が梨依と訪れた店のことが書いてあるのを発見すると、感慨深い気持ちになった。

『三月二十一日　りい十さい
お母さんは年に一回りょこうにつれていってくれる。今年はホテル太ようってところだった。

大きいプールでたくさんあそんだ。ウォータースライダーがとても楽しくて、何回もすべってしまった。

よるごはんはなんと、食べほうだいでカニまであった。わたしがカニばかり食べていたら、お母さんはわらっていた。だってカニなんてめったに食べられないんだもん。

あー、おいしかった。ごちそうさまでした。』

『五月二十八日　りい十一才
学校が休みの今日、朝からみなとみらいに行って、し高って言われているらしいパンケーキを食べた。
ふわふわでとろとろで、たしかにパンケーキとしては今までに食べたことがないくらいおいしかった。だけど和食はの私は、ごはんとみそ汁の朝ご飯の方が好きだなあって思っちゃった。

　でもやっぱりおいしかったので、お母さんに「うちでこれ作ってよ～」って言ったら「し高のパンケーキをうちで作れるわけないじゃないの～」って笑われちゃった。ざんねんだなあ。

　あー、おいしかった。ごちそうさまでした。』

『九月十五日　梨依十三才
　代々木公園でやっているタイフェスティバルに、クラスの友達と行ってきた。ちょっとかっこいいなって思っていた雄哉（ゆうや）くんもいた。ご飯を食べる前に射的に挑戦したけれど、全然景品に弾が当たらなくって悔しかった。しかも「梨依、ノーコンすぎ」って雄哉くんに笑われた。くそ。

　タイの料理はどれも辛かったけれど、とってもおいしかった。お母さんにメニューの名前を言ったら、ネットでレシピを調べてくれて、今度家でも作ってくれるって。わーい楽しみ。

　あー、おいしかった。ごちそうさまでした。』

『十二月二十六日。梨依十六才

福島のスキー場にお母さんと旅行に行った。スノーボードは初めてで最初は立つのも難しかったけれど、お母さんが教えてくれたから少しだけ滑れるようになった。

お昼ご飯はゲレンデにあったレストランで食べた。こういうところで食べるご飯をゲレ飯って言うんだって。変な名前。

オリジナルトマトラーメンとかいう変わったメニューがあって、それにしようかとも思ったけれど、やっぱりステーキ丼にした。だってステーキだから。とっても分厚くて大きかったけど、スノーボードをやったあとだから全部食べられた。

あー、おいしかった。ごちそうさまでした。』

『二月二十二日　梨依二十才
美穂と由衣と飲みに行った。三人とも二十才になって、お酒が解禁されたお祝いだ。行ったのは安くておいしいと評判のチェーン店の焼鳥。おしゃれさはゼロだったし、お酒もおいしいのかどうかよく分からなかったけれど、焼鳥はたしかにおいしかった。

ふたりと恋バナや講義の愚痴を言うのが楽しかったから、余計においしく感じたんだと思う。

手ごろだし、今後も三人で集まる時はこの店がいいね！　と言って別れた。

あー、おいしかった。ごちそうさまでした。』

そんな風に、梨依が大切な人たちと食事を楽しんでいる日記がひたすら書かれていた。すべて「あー、おいしかった。ごちそうさまでした」というのが締めの言葉で。現在よりも若く幼い梨依のその時の光景を想像してしまう。同時に、俺が梨依と一緒に行った店の記述を見ると、その時の情景が思い起こされた。

自然と俺の目が涙で滲んでいく。

そして日記を読んでいくうちに、俺はあることに気付いた。ノートの罫線の欄外に、日付と「朝」「昼」「夕」のいずれかの一文字が書かれていたのだ。

また、どのページも筆跡が新しいようで、日付はどれも十一月か十二月。つまり、ここ一か月間の日付だった。

それを見て俺は確信する。

これは、余命百食だと梨依が告げられてから、何日のどのタイミングで店を訪れるかが書き込まれたものだ。

俺は勢いよくノートのページをめくって、今日の日付と「夕」と書かれている日記を探す。今から都内に戻ったとしても、まだ夕食のタイミングには間に合う。

「……あった」

俺は思わず呟いた。

見つけた。今日の日付で「夕」と書き込まれている日記を。

『七月十日　りい　十さい
今日はお母さんのたん生日。お母さんのたん生日のお昼には、かならず行くお店がある。家の近くの、キッチンきむらっていう洋食屋さん。

おかずはメニューの中からふたつえらべるから、私はデミグラスハンバーグとやさいグラタンにした。

ここのごはんはすごくおいしいんだけど、量が多くていつも全部食べられない。でも今回は初めて全部食べられた！

「すごい！」ってお母さんがほめてくれた。あまりにもほめるから、お店の人が「お母さんより、りいちゃんのたん生日みたいだなあ」ってわらってた。

あー、おいしかった。ごちそうさまでした。』


梨依が今日の夕飯に訪れるはずの店。それは練馬区にある、ボリュームたっぷりの定食メニューが売りの、「キッチンきむら」という洋食屋だった。

急いで首都圏へと引き返した俺は、大泉インターチェンジで降りて、ナビに示された「キッチンきむら」へと向かった。

高速を降りてから信号待ちのタイミングで店の情報をネットで見たら、住宅街にある個人経営の店で、駐車場はないようだった。店から一番近いパーキングを探してナビを入れ直し、再び車を走らせた。

運よくパーキングは空いていたので、車を止めて急ぎ足でその洋食屋へ向かう。時刻は二十時を過ぎていた。飲酒を伴わない夕食の場合、少し遅い時間だ。

でもきっとここに彼女はいる。俺はそう確信していた。

しかし梨依はもう食べ終わって、店をあとにしているかもしれない。一分一秒でも早く再会したい俺は、彼女がのんびりと食事していることをひたすら祈る。

かじかむ指先でタップしたスマートフォンのマップを辿ってなんとか洋食屋を発見した。二階建ての建物の二階で、窓には「営業中!! 夜10時まで」や、「手造りハンバーグと洋食の店」と大きな文字で書かれた紙が貼ってあった。

梨依に会わせてくれと信じてもいない神に都合よく懇願しながら店のドアを開けた。

扉を開けるとすぐに、レジカウンターが見える。レジの奥には店主らしき中年の男性。そして、カウンター越しに彼と向かい合って会話をしていたのは。

「久しぶりだったね、梨依ちゃん。相変わらずいい食べっぷりだったねえ」

「だってここのハンバーグ、すごくおいしいんだもん」

その声に胸が高鳴った。彼女が背負っているリュックには、不細工な猫のキーホルダーがぶらさがっていた。俺がタイフェスティバルの射的で手に入れた、あの景品が。

気さくそうな弾んだ声だった。およそあと数日で命を落とすとは思えないような、溌剌とした声音。

後ろ姿しか見えないけれど、どんな表情をしているのかが手に取るように分かる。最近の俺には、聞き飽きていたはずの声なのに。どうしてこんなにも懐かしく、心に染みるのだろう。

「あ、そういえばお母さんは？　いつも一緒に来ていたじゃない」

「……あー。仕事が忙しくてさ。一緒に来たかったんだけど」

「そっか。また来てね」

「うん、今度は一緒に来るよ」

それは悲しくも切ない嘘だ。梨依は二度とこの店に来ることはない。

母親と来店する梨依を思い浮かべただろう男性を、俺は心底羨ましく思った。なにも知らない、幸せな彼を。

「あー、おいしかった。ごちそうさまでした。……じゃあね」

お得意の決まり文句を言って、梨依は男性に背を向け——俺と対峙する形になった。

梨依は唖然とした表情で立ち尽くした。

「凍夜……くん」

掠れた声で紡がれた、俺の名前。もう二度と聞くことはないかもしれないと恐れていたその音を聞いた瞬間、俺の感情が溢れてしまった。

俺は人目もはばからず、梨依を引き寄せ抱きしめる。

狭い店内のほとんどを占めていた中年の男女グループから、「おーいいねー」「熱いわあ」なんて、冷やかしの声が聞こえた。

だけどそんなことどうだっていい。今の俺にとっては本当に取るに足らない、些細な事柄だった。

再会したらネチネチ嫌みを言ってやろうとか、怒りをぶつけてやろうとか、考えていたはずだったのに。

梨依の顔を見たらそんな感情は一瞬で消滅して、ただ彼女がそこに存在しているのを俺は確かめたくなってしまった。

出来ることならこのまま一生この状態でいられたら。そんな馬鹿げた考えすら脳裏に浮かぶ。

俺は梨依を抱きしめながら、たどたどしく言葉を吐いた。

「……最後まで。最後まで、旅のお供でいさせてよ」

――すると。

「……っ……」

俺に抱きしめられている梨依から、嗚咽を堪えるような声が漏れた。彼女の顔からなんだか湿っぽい気配も感じた。梨依は涙を流しているようだった。

――泣くくらいなら、なんで俺の側から離れたんだよ。

まったく、相変わらずわけの分からないやつだ。

梨依のそんな性分を、「本当に仕方がないな」と愛しくこき下ろしながら、俺はしばらくの間彼女を抱きしめていた。

「なんで急にいなくなったりしたの」

洋食屋を梨依と一緒に出たあと。

とりあえず、俺の車へと向かった俺たち。運転席に座った俺は、助手席に腰を下ろした梨依に尋ねた。

するとも梨依は少し俯いて、気まずそうな顔をしてこう答えた。

「……だって私。こんなつもりじゃなかった」

まったく意味が分からず、無言で俺が首を傾げると、梨依は言葉を続ける。

「めっちゃ話は遡るんだけどさ。これでもこの病気を宣告された時は、めちゃめちゃ落ち込んだ。絶望した。あと百食食べて死ぬんなら、もう今死んでもいいじゃんと思った時もあった。……だけどどうせ死ぬんなら、最後の百食を味わってから死んだ方がお得かなって考え直した。臨床試験のために私の病気のデータを提供すれば、結構な額のお金をもらえるって聞いたら、自然とそう思えたんだよね」

「……うん」

「こんなつもりじゃなかった」というさっきの発言にこの話がどう繋がっていくのか、まったくまだ予想は出来なかったけれど。

もう二度と耳にすることは出来ないかもしれないと思っていた梨依の声を聞くだけで、今の俺は幸福だった。

ゆっくりじっくり、耳を傾けることにする。

「あと百食しかないから、確実においしいって分かっている店に行こうって決めてさ。

そうなるともう、一度行ったことある店がよくて。だから自分のブログに書いてあった店と、そのノートに書いてあった店で、なるべく食事をしようって決めたの」

　ダッシュボードに置いてある例のノートをちらりと一瞥する梨依。

　姿を消した梨依を俺が見つけた経緯については、先ほど駐車場に向かう途中ですでに説明していた。

「……まさか、そんな風に私のことを辿ってくれるなんて」

　と、梨依は大層驚いた様子だった。

　ちなみに、俺に黙って旅館会津をチェックアウトする直前、ノートが見当たらないことに気付いた梨依は必死に捜したそうだ。

　しかし、俺に気付かれる前に旅館を出たかったたし、今後行く予定の店はしっかりと記憶していたため諦めたのだという。

「でもね。ひとりでご飯を食べてもつまらなかったし、あんまりおいしいって感じられなかった。やっぱり誰かと『おいしい』って気持ちを共有しながら食事しないとダメだなって、何食かひとりで食べたあとに思った」

「……うん」

「だけど家族や友達は、こんな状態の私と楽しく食事なんてきっと無理じゃない？

私だって逆の立場だったら無理だよ、もうすぐ死んじゃうらしい家族や友達とおいしくご飯なんてさ。でも事情も話さずに、これからしばらくの食事全部付き合ってってって頼むのも難しいと思ったし。……だから、これまでの私のことを全然知らない人が付き合ってくれないかなあって考えた」

「それで俺に声をかけたって、言ってたね」

梨依と出会った時に、今と同じような話をして俺を誘ってきたことを覚えている。

「うん。でもそんな暇で都合いい人いるわけないよなあって半ば諦めてたんだよね、あの時。でも凍夜くんを最初に見かけた時ね。髪はボサボサだし修行僧みたいに真顔でご飯を食べててさ。この人なら、病気を打ち明けても淡々と反応しそうって思った。私のブログを見てるっぽかったから、食の好みも一緒だろうなって予想出来たし。あー、この人がいいなーって直感で思った。……だから、この人に断られたら、もうひとりでご飯食べて死のうって思ってた」

「……え。俺にそんな多大な望みを託していたとは」

まさかあの時、そこまで重い期待がかけられていたなんて。

「ふふ、実はそうだったんです。で、話したら想像通り冷静で、しかも暇な無職ときた。もうこの人しかいない！　って私は熱くなった。……全然好みの顔じゃないのもよかったんだ。あの時の凍夜くんからは、あまり男らしさも感じられなかったし」

「どういうこと？」

「だって、もう恋なんてしないって決めてたから。そんなことに時間を取られている暇も気持ちの余裕もなかったから」

余命百食――つまり残された時間は約一か月ちょっと。その間に新しい恋なんてしたくないと思うのは、当然のことだろう。

状況から考えると、恋が成就する可能性は限りなく低い。

若くして死ぬ女の子の想いを受け取るには、あまりにも期間が短すぎる。まともな男だったら尻込みするだろうし、卑劣な男なら体目当てで適当に甘いことを吐くだろう。おそらく、世の中の男性の九十九パーセントが、そのどちらかに属することになる。

つまり、傷つくことが目に見えている恋になってしまう。

俺だって、べつに梨依と恋愛するために旅のお供になったわけではなかった。死にまつわるトラウマさえ抱えていなければ、気後れして梨依とは決して深く関わらなかったはずだ。つまり俺も、九十九パーセント側の男だった。

……今では残り一パーセントになってしまったが。

「でもさ。出会った次の日に髪が短くなった凍夜くんが意外にイケメンでさ。あー、ちょっとまずいなって正直思った。だけど私は塩顔が好みだし、まあ大丈夫だよねって自分に言い聞かせた。もう私の残り時間は少なかったし、この旅に付き合ってくれる都合のいい人がまた見つかるなんて、到底思えなかったし」

そういえば梨依は塩顔の雪翔を好みだと言っていた。思い出すと少し……いや、かなり腹が立つ。

「だけど凍夜くんは、そんな私の思惑に反することばっかりしやがってさあ」

梨依は頬を大袈裟に膨らませた。

「……え」

「もっと気弱で消極的で、私のお願いにただ従ってくれるだけの奴に違いないって思ってたのに、全然違うじゃん。口数は多くないけど自分の意思がちゃんとあって私を思いやってくれてるのが分かるし、素直クール属性だし、筋肉も程よくあるし、ピアスまで買ってくれるし！」

「……はあ」

責めている口調なのに、言葉の内容自体はとても称賛してくれている。どう反応したらいいのか分からなくて、俺は曖昧な声を上げることしか出来ない。

髪を切った俺に「凍夜くん、イケメンじゃん」と苦々しい口調で告げられた時のことを思い出した。

また、俺が自然と梨依を呼び捨てで呼んだり、水泳やスノーボードをそつなくこなしたりした場面で梨依が不満そうな顔をしたことも。

かっこよかったり、男らしかったりする一面を俺が見せると決まって梨依は不機嫌そうになった。なぜだろうと思っていたけれど、やっと謎が解けた。

梨依にとって俺が魅力的だと、不都合だったのだ。もう恋なんてしないと心に決めていた彼女にとっては。

「その上、世界レベルのスノーボーダーだと!? いやお前、無職って言うてたやないかーい！　しかも瀕死の重傷を負ってトラウマを抱えてもう滑れないとか言ってたくせに、私が空飛ぶところを見たいって言ったら頑張って滑ってくれるなんて！　もうかっこよすぎだよっ！　なんなんだよあんたもう！」

「それはどうも」

かっこよすぎだよ、という言葉に素直に嬉しくなった俺は顔を綻ばせた。すると今まで芝居がかった仏頂面をしていた梨依が、諦めたように笑う。

「……だからね、怖くなった。凍夜くんとこのまま一緒にいるのが。凍夜くんがハーフパイプで空を飛んだのを見て、『ああ、もうダメだ』と思った」

「もうダメ……？」

「うん。……私、凍夜くんと一緒にいたくなってしまうって。ずっとこれからも、長い間一緒にいたいって願ってしまうって。せっかく、『余命百食楽しんで華々しく散ってやらあ！』って頑張って思い込んでたのに、それがどんどん崩れていった。凍夜くんと一緒にいたいんだけど、一緒にいたくなくなった。……心の底から死にたくなくなった。もう、誤魔化せなくなってた」

どんどん梨依の声が震えていく。俺はしばらくの間、なにも言えなかった。

「だから私は凍夜くんから離れることにした。私の想いを、凍夜くんに背負わせて困らせたくないのもあって。……死ぬ前に優しくてかっこいい男の子と楽しく一緒に過ごせてよかったじゃん、凍夜くんもしばらくはモヤモヤするかもしれないけど私が死ぬ場面を見なければきっとそんなにダメージもないよねって言い聞かせてさ」

「ふざけんなよ。しばらくモヤモヤどころじゃない。……もしこのまま会えなかったら一生モヤモヤするところだった」

身勝手な梨依の言い分を聞いて、俺は半眼になる。すると梨依は嬉しそうに微笑みながら、どこか恐る恐るこう尋ねた。

「一生？　凍夜くんは私を想って一生モヤモヤしてくれるの……？」

「するよ」

「……まさか、私が福島でなくしたノートを見つけて取りに行ってくれるなんて想像もしていなかった。ねえ、そこまで私を追いかけてくれるってことは……私は凍夜くんに、期待してもいいのかな？」

梨依はそこでいったん言葉を止める。そして深く息を吐いてから、こう続けた。

「私の想いが一方的じゃないってことを。……ね、私が死ぬ時まで一緒にいてくれるの？」

梨依が潤んだ瞳で俺を見つめる。俺は深く嘆息してからだるそうな声でこう言った。

「あーもう。面倒くさいな」

梨依は虚を衝かれたような面持ちになった。

「ほんと、最初からわけ分かんない奴。そっちから誘ってきたくせに、急にいなくなりやがって。俺は怒っている」

「ご、ごめん」

心底申し訳なさそうな声を上げる梨依。

「彼氏のふりしろだとか、怪我が治ったんだからもうハーフパイプで滑れるだろとか、こっちの気も知らないで無茶ぶりしてくるしさ。ほんと、勝手だよな」

「……すみません……」

「……だけどなんで俺は、そんな梨依のことばっか考えるようになっちゃったんだろう。こんな自分勝手な奴のことを。……いきなり取り残された俺の気持ちも考えろよな、もう。……死ぬまで一緒にいてくれるかって？　元々そのつもりだよ。何度拒まれたって逃げられたって、必ず見つけ出してやるからな」

ふざけたように俺は言う。

梨依は目を見開いたあと、頬をほんのりと赤く染めた。しかしすぐに「ふん！」と大袈裟に鼻息を吐いて、いつものようにおどけてこう言った。

「悪かったねー！　わけ分かんない上に自分勝手でもうすぐ死ぬ女でさ！」

「本当だよ。せめてもうすぐ死ななかったらよかったのに」

俺の声に涙が混じる。

「それは私もそう思ってるってば！」

そう返す梨依の声も震えていた。

そんな言い合いをしたあと、俺と梨依は顔を見合わせて笑い合った。楽しいけれど、奥底には悲しみが渦巻いている妙な時間だった。

お互いの笑い声が一段落した時。俺が梨依をじっと見つめると、彼女が視線を重ねてきた。大きく美しい双眸は少しだけ潤んでいた。

　そんな彼女に向かって、俺はゆっくりとこう声をかける。

「だからさ。梨依に残されたあと少しの時間、一緒に過ごさせてよ。梨依が俺の側からいなくなるのは、死ぬ時だけにしてくれない」

「……うん。あのね、私もうどちらにしろ死にたくなくなっちゃったんだ。凍夜くんと離れた時、このまま会えずに死ぬなんて寂しすぎるってすごく苦しくなっちゃった。……だから本当に、また会えて嬉しいんだよ。まだ死にたくないってもがきながら、凍夜くんと一緒にいることにする」

　頷いた梨依の瞳に大粒の涙が浮かぶ。俺はそんな彼女の頬にそっと手を添えた。

　そのまま自然に俺たちは唇を重ねた。柔らかい梨依の唇は熱を帯びていて、彼女の体温を——命を肌で感じることが出来た。

　——このキスをしたことを、俺はきっと梨依がいなくなったあとに酷く後悔するのだろうと思った。

　一度知ってしまったこの愛しい感触を、二度と味わうことが出来ない俺は、狂おしいほどに梨依の温もりを求めるに違いない。

　だけど、眼前に存在する梨依が愛しくてかわいくて、どうしても触れずにはいられなかったのだ。

——なあ、梨依。君にはまだやるべきことが残っている。

君が会いたかったのは、俺だけじゃなかったはずだ。

「そのノートを読んで思った。まだ梨依にはやらなきゃいけないことがあるよ」

口づけのあと。俺はもし梨依と再会出来たら伝えると決めていたことを話し始めた。

「え……?」

「家族に会いにいこう」

俺は真剣な声で、梨依にそう告げた。

あと六食

『十一月五日　梨依十九才
　お母さんが再婚してから、初めて三人で迎える孝弘さんの誕生日。メニューは、お母さんが作ったロールキャベツとクリームシチューだ。私がお母さんの料理の中でそのふたつが特に好き！　って前々から言っていたから、孝弘さんが誕生日はそれにしてくださいってお母さんにお願いしたみたい。

　孝弘さんの誕生日なのに、なんでなのか私の話ばっかりだった。「いつか梨依が彼氏を連れてきた時にも作ってあげたいな。楽しみだわ」なんてお母さんが言ったら、「それ、想像したらちょっと寂しいなあ」って、孝弘さんは微妙な顔をしていた。

　私、まだ当分彼氏なんて出来なそうなんだけどなあ（笑）。

　お母さんのロールキャベツとクリームシチューは、体中がぽかぽかするほど温かくて、いつも通り優しい味がした。

　あー、おいしかった。ごちそうさまでした。』

梨依と俺が再会したあくる日の、土曜日の夕方。俺たちは、都内の閑静な住宅街を並んで歩いていた。

梨依はいつもパーカーやロンTなどの、カジュアルな恰好をしている。だけど今日はオフホワイトのドレープワンピースを身にまとっていた。メイクも普段より気持ち丁寧に見えるし、髪の毛も毛先までしっかり巻いている。

ワンピースはついさっき池袋の駅ビルで、ふたりで選んだ物だった。シンプルだが体のラインがくっきりと分かるデザインで、手脚が長く顔の小さい梨依にはよく似合っていた。

常にまるで同性の友人と出かける時のような気安い出で立ちだった梨依が、今日は女性らしい恰好をしていることに、不覚にも俺の心臓は高鳴る。

彼氏を紹介するという形で梨依の実家を訪れるため、きちんと感を出すことにしたのだった。

ちなみに、いつもはスポーツブランドのスポンサーからもらった服を着回している俺も、黒いジャケットを羽織っていた。

「お母さん、恋人を連れていくって言ったらめっちゃ驚いて喜んでたよ」

歩きながら梨依が言う。あと三日足らずの儚い関係だというのに、嬉しそうに。

　俺は悲哀を必死に抑制しながらも「そうなんだ」と、出来るだけさらっと答えた。あと三日間、梨依の前で楽しく彼氏面をすることは、もうすでに決意していた。

　梨依の実家は、二階まで高さのあるシンボルツリーの生えた、小さな一軒家だった。以前はこの近所の賃貸アパートに母娘ふたりで暮らしていたが、母親の再婚と同時に建てたらしい。モダンなデザインの洗練された外観だった。

　インターホンを押したら、すぐに内側から扉が開いた。俺たちを見るなり、満面の笑みを浮かべる女性と、その傍らに佇む温厚そうな男性。

　どちらも四十代後半くらいだろうか。梨依の母親——由梨(ゆり)さんは、梨依に小皺を付け足して髪をショートカットにしたらこうなるんじゃないかと思えるくらい、梨依によく似ていた。

　数十年後の、決して目にすることの出来ない彼女の姿が見られた気がして、また心がぎゅっと痛む。

　男性は少しふくよかだが、ニットとチノパンをこざっぱりと着こなしていて、とても誠実そうだった。

「ただいま。お母さん、孝弘さん」

　梨依がニッと微笑んで言うと、由梨さんは少し困ったように笑う。

「おかえりー！　もう、あんたはー！　ひとり暮らししてから全然連絡よこさないんだからっ。久しぶりに電話くれたと思ったら、彼氏を連れてくるって言うからびっくりしたじゃないのー！」

「まあまあ、元気そうでよかったじゃないか。よく来たね、梨依ちゃんと彼氏さん」

早口でまくし立てる由梨さんを、柔らかく宥める孝弘さん。正反対だが、息の合うとても似合いの夫婦に見えた。

そして彼らの嬉しそうな微笑みから、梨依が彼らに心から愛されていることを一瞬で俺は感じ取った。

「ふふ、ついに連れてきちゃったよ彼氏を！　凍夜くんって言うんだ。ふたりともよろしくね」

「……室崎凍夜です、よろしくお願いします」

梨依に合わせて、頭を下げながら自己紹介をする俺。

「あらあら、そんなにかしこまらないでいいのよ、凍夜くん。早く上がってちょうだい」

「うんうん。ちょっと早いけれど、もう夕食の準備は出来ているからね」

ふたりして家に上がるよう促してくるので、お言葉に甘え、「お邪魔します」と断ってから、家に入る。

夕飯を用意して笑顔で歓迎してくれるふたり。梨依はおおらかな家庭で育ったんだなと、感慨深い気持ちになってしまう。

ダイニングテーブルの上には、梨依の好物だというロールキャベツとクリームシチューが鎮座していた。あとは焼き立てらしく香ばしい匂いを漂わせるロールパンや、生ハムがのったアボカドとトマトのサラダなどが贅沢に並んでいる。

孝弘さんが乾杯用にシャンパンを用意してくれていたが、今は飲酒出来ない梨依は「今日はお酒飲まない～」と軽い口調で断っていた。

彼女に合わせて俺も控えようかとも考えたが、梨依に拒否された孝弘さんが「そっか……」とやたらと寂しそうな面持ちをしていたので、一杯だけ付き合うことにした。

「はーい、じゃあかんぱーい！」

梨依が間延びした声で乾杯の音頭を取る。四人してグラスを合わせたが、梨依のグラスだけウーロン茶なのが、やっぱり俺には切なかった。

メインメニューのロールキャベツもクリームシチューも絶品だった。

しかし味が格別というだけではない。それらをひと口味わうごとに、なぜか深い安らぎを覚えてしまうのだ。優しく温かいなにかに体中が包み込まれるような感覚。

愛情が込められた家庭料理は、おいしさ以上の幸福を食した者にもたらしてくれる。

「ここ一か月くらい、梨依ったら電話しても全然出てくれなかったのよ！　メッセージに返事はしてくれたけど、ひと言だけだったりスタンプだけだったりとかで……。結構心配してたんだからね!?」

食事が始まるなり、由梨さんが梨依を責めるように言う。しかしその芝居がかった大袈裟な口調には、親しみと愛情が感じられる。

「はは……。まあ、こうして来てくれてよかったよ。しかも彼氏の凍夜くんも一緒になんてさ」

由梨さんとは対照的に、孝弘さんは落ち着いた柔らかい声で言った。

「まあ、そうだけどねー。あ！　さては凍夜くんといちゃつくのに夢中で連絡無精になってたんじゃないの!?」

からかうような顔をして尋ねてくる由梨さんのノリはどこか梨依と似ていてやっぱり親子なんだな、と改めて思い知らされる。

「えへへ。お母さんが再婚したんだから次は私の番でしょ？」

と、梨依は照れ笑いを浮かべる。絶対にありえない未来を語る彼女の心情を、俺は考えないことにして曖昧に微笑んだ。

「えっ。り、梨依ちゃんまだ二十二歳だよね……？　正直まだ心の準備が」

孝弘さんは顔を青くした。

事前に梨依から聞いていた、孝弘さんと母娘の歴史について思い出す俺。

十年以上前に梨依の父親が亡くなり、それからしばらくして働き始めた由梨さんの勤め先の同僚が孝弘さんだった。

由梨さんにひと目ぼれした孝弘さんは、何度断られてもアタックし続けたらしい。それに根負けする形でだいぶ経ってから交際を始めた由梨さんだったが、再婚前から梨依を交えた三人で会うことも多かったんだとか。

梨依が結婚を匂わせたことに、酷く動揺した様子の孝弘さん。梨依を本当の娘のように思っているのだろう。

――梨依はまだ余命百食のことをふたりに打ち明けていない。真実を知った瞬間、この一家は深い絶望に包まれてしまうだろう。

今日、梨依は楽しくいつも通りに由梨さんの手料理を味わってから、病気のことを告白するつもりだと俺に話していた。

しかし俺の心臓は、ことあるごとにキュッと痛んだ。娘の将来がこのあと何十年も続くと信じて疑わないふたりの笑顔に。

「結婚はまだ早いんじゃないか」という思いで孝弘さんが青ざめるのも、梨依が健康に年を重ねることが大前提にある。

未来を感じさせる言葉がふたりの口から出るたびに、動悸がどんどん酷くなっていった。

——だけど。

「えっ、梨依、本当に結婚を考えているの!? いいじゃない、凍夜くんかっこいいし！ 梨依の傍若無人さがバレないうちに、しちゃえばいいのよっ」

「……すみません。もう俺は知ってます」

勢いよく茶化してくる由梨さんの発言に、俺は苦笑を浮かべて答える。

久しぶりに娘とのひと時を楽しんでいる彼女の気持ちを壊さないように、無難な冗談を言って。

「ちょっと凍夜くん。それどういう意味かな？」

梨依が半眼で睨んできた。俺は目を逸らして、サラダを自分の皿に取り分ける。

「えーそうなのっ？ 物好きなのねえ凍夜くんは。こんな適当な子でいいの？ 本当に大丈夫？ 後悔しない？」

由梨さんが念を押して尋ねてくる。「はあ……」と俺がはっきりしない返答をする中、梨依が頬を膨らませる。

「ちょっとお母さん！　さすがに酷くない!?」

「だって、梨依がこんなクールなイケメンをうちに連れてきたことが信じられなくって」

「それが娘に対する言葉なの……？」

さすがに申し訳ないと思ったらしい由梨さんが、苦笑いを浮かべながら頭をかいた。

「あはは、ごめんごめん。でもふたりはどうやって知り合ったのよ？」

「あー。私が逆ナンしたんだよ。おにーさん暇？　って」

あっけらかんと、とんでもないことを言い放ったあと、梨依はパンを齧ってもぐもぐと咀嚼する。

「逆ナン……!?」

衝撃を受けたらしい孝弘さんが、呆然とした面持ちになっていた。さすがに梨依がそんなことをするほど肉食だとは思ってはいなかったようだ。由梨さんも、驚いたように目を見開いている。

——逆ナンか。いや、たしかに間違いではないな……。

「まあ……。大体合ってます」

出会った時のことを思い返しながら俺が気まずそうに言うと、梨依は悪戯っぽく笑った。

「えへへ、詳細は秘密でーす！」

「え、なによ気になるじゃないの」

「まあ、そんなことより聞いてよ。凍夜くん、凄腕のスノーボーダーなんだよっ！」

眉をひそめて追及してくる由梨さんだったが、話を逸らしたかったらしい梨依は俺の素性についていきなり公表した。別に隠すことでもないし、構わないが。

孝弘さんは「あー！」と声を上げながら、拳をポンと手のひらで叩いた。

「僕、どこかで凍夜くんのこと見たことがあると思ってたんだよね。ねえ、もしかしてオリンピックに出てた？」

「オ、オリンピック!?」

由梨さんが大層驚いた様子で声を上げる。

年配の人の方が、五輪を熱心に見ている割合は高い。もしかしたら、ふたりのうちのどちらか、あるいは両方とも俺のことを知っているかもしれないとは予想していた。

だから俺は慌てずに、素直にこう答えた。

「はい。ハーフパイプで銅メダルを獲りました」

「あーやっぱり！　僕決勝を見てたんだよー！」

「えー！　娘の彼氏がそんなにすごい人なんて……！　ねー凍夜くん、今度メダル見せてくれない!?」

「いいですよ」

五輪のメダリストと聞いて、興奮した様子の由梨さんの言葉に、俺は笑みを浮かべて頷いた。

そのあとも、俺の生い立ちのこととか、梨依の最近のこととか（本人はほとんど嘘を並べていたが）を中心に、由梨さんと孝弘さんと楽しく会話をした。

テンション高めの由梨さんと、穏やかで物腰柔らかな孝弘さん。幸せな家族にしか見えない三人。

――梨依はきっと、ずっとこのふたりと会いたかっただろう。余命百食と告げられてから、会いたくて会いたくてたまらなかっただろう。一分一秒でも多く、彼らと過ごしたかっただろう。

昨日、梨依と再会した俺が「家族に会いにいこう」と告げた時、梨依はこんな風に話していた。

「……凍夜くんに出会った頃にさ。『再婚したばっかりで幸せな時に、私が死ぬなんて言ったら親不孝過ぎるじゃん。だから余命百食のことを家族に言いたくない』みたいに私言ったじゃん。……ごめん、あれ強がりなんだ」

「――うん」

そんなことはとっくに知っていた俺は頷く。

「凍夜くんから離れたのと、一緒の理由だよ。……死ぬのがますます怖くなっちゃうから、家族には会いたくなかった。優しくされたら、悲しまれたら、離れたくない、死にたくないって絶対思っちゃう。……ほんと、自分勝手だよね私。いきなり私がいなくなったら、それこそお母さんと孝弘さんが悲しい思いをするのに。自分がいなくなったあとのふたりの気持ちも考えずにさ」

悲しげに微笑みながら、複雑な心情を吐露する梨依。

だけど、梨依のこの思いは果たして自分勝手なんだろうか。俺だって最初に聞いた時は、こんな状況で親に事情を話さない方が身勝手なんじゃないかって考えた。

たしかにすべてを知らされなかった場合、「なんで教えてくれなかったんだ」と母親は梨依の亡骸に縋るに違いない。

それでも、もっとも大切なのは梨依本人の気持ちだと今の俺は思う。一番辛く苦しい思いをしているのは梨依に間違いないのだから。

「……それでもさ。会いたいでしょ、本当は。死ぬ前に、たった一度だけでも」

俺の言葉に、梨依はゆっくりと頷く。

「——うん。凍夜くんと離れた時にますます思ったよ。やっぱり最期は大好きな人たちの顔を見てから、私死にたい。どうせ凍夜くんのせいで、私はもう死ぬのが怖くなってしまったんだから。それなら家族や凍夜くんを悲しませても、みんなに囲まれて、私は死にたい」

——そういうわけで。

俺たちは梨依の実家を訪れることにしたのだ。

『りーのおいしい日記』のノートにも書かれていた、いつか梨依が彼氏を連れてくるのを夢見ている由梨さんの思いを叶えたいという、梨依の願いもあったのだと思う。

そして現在。梨依と他愛もない話題で会話をしている由梨さんは、心の底から楽しそうに見えた。時折、目を細めて愛おしそうにひとり娘を眺めている。

——俺の心臓はもう凍り付きそうだった。

「あー、おいしかった。ごちそうさまでした」

テーブルの上に所狭しと並べられた愛のこもった料理の数々が、ほとんど平らげられた時。梨依がいつもの調子でその言葉を紡ぐ。

とうとう来るべき時が来てしまった。

「お母さん、孝弘さん。大事な話があるんだ」

梨依が、真面目な顔になり、口を開いた。

最初は「嘘でしょう？　悪い冗談はやめてよ、梨依」と、引きつった笑みを浮かべていた由梨さん。

しかし病院の角印が捺された診断書を見せながら、梨依が病気の診断から現在に至るまでの経緯、余命百食の患者がどうなるかを詳しく説明していくうちに、どんどん表情を強張らせていった。

そして、梨依が「あと六食……いや、今食べたからもうあと五食。それで、私死ぬんだ」と告げた時。

わっと声を上げて、由梨さんはその場で泣き崩れてしまった。しばらくの間彼女は号泣し続け、まともに会話が出来なかった。

「なんで、梨依がっ……！　どうしてっ！」

そんなことを喚く由梨さんだったが、こんな余命ギリギリのタイミングまで自分に病気のことを告げなかった梨依のことを責めるような言葉は一切なかった。

二十年以上も梨依を育て、一緒に過ごした母親なのだ。きっと余命わずかだと知った時の娘の気持ちなど、手に取るように分かったのだろう。

泣きつかれた由梨さんは梨依が寝室に連れていった。リビングダイニングの隣に位置している寝室からは、時々微かに声が聞こえてきた。会話の内容までは聞き取れなかったが、きっと母娘にしか出来ない話をしているのだろう。

俺は晩餐の後片付けをする孝弘さんの手伝いをしていた。が、食器を全部洗って、テーブルもきれいに拭き終わってしまった今、もう俺たちにやることはない。

俺たちは向かい合う形でダイニングテーブルについた。寝室から、由梨さんのすすり泣く声がまた聞こえた。

話すことが見つからず、黙っていた俺だったけれど。

「……凍夜くん」

不意に孝弘さんに名前を呼ばれ「はい」と返事をする。

彼は梨依が病気の説明を開始した時から、ほとんどずっと黙っていた。彼だって悲しいに違いないのに。実の娘が命を落とすと聞いて絶望している由梨さんの前では、悲哀を表に出せないのだろう。

彼は寂しそうに微笑みながら、こう言った。

「なんとなく思ったんだけど。君は梨依ちゃんと出会ってから、まだそんなに時間が経っていないんじゃないかい？」

　なんで分かったのだろう。恋人同士としての振る舞いが、ぎこちないものだったのだろうかと俺は不安になる。

「どうしてそう思うんですか」

「だってさ。お互い好きになりたてで、今が楽しくてたまらないっていう風に見えたんだよ」

　意外な孝弘さんの言葉だった。

　……たしかにそうかもしれない。梨依と一緒にいるのが、幸せでたまらない。だけど、もうすぐそれも終わる。

　俺の心は、きらきらの幸福と深遠な暗闇、きっかり半分ずつで覆われている。

「そうですね。梨依さんが病気になってから俺は知り合ったんです。一か月前くらいですね」

「やっぱりね。……僕が梨依ちゃんと出会った頃は、すこぶる嫌われていてねえ。まだ彼女が中学生だったかなあ」

　寂しげに微笑みながら、孝弘さんは懐かしむように目を細めた。

「亡くなったお父さんが梨依ちゃんの中では唯一のお父さんだからね。その座に見知らぬおじさんが来ようとしたんだから、まあ無理もないよね」

「……そうかもしれないですね」

「『げ！　おっさんあっち行け！』なんて、追い払われたっけなあ。梨依ちゃんが受け入れてくれたら梨依ちゃんのお母さん……由梨さんと再婚しようと思っていたんだけど、これじゃあ無理かなあって僕は落ち込んだよ」

あの整った顔をしかめて、孝弘さんに毒づく梨依の姿が容易に想像出来た。素直でかわいらしい、中学生の梨依の姿が。

「梨依ちゃんは、由梨さんにも自分と同じような気持ちを求めていたんだろうね。だから、お父さんじゃない人と再婚を考え始めた由梨さんのことも責めたみたいで。由梨さん、『梨依に、お父さんのことはもう忘れたの!?　って言われちゃった』とか『お母さんの薄情者！　だってさー』なんて、僕によく言ってたっけ」

思春期の青く純粋な心を持っていた梨依は、きっと由梨さんに亡くなった父親を生涯愛し抜いて欲しかったのだろう。

まだ、遺された者の寂しさなどあまり想像が出来なかったのだろう。

「梨依ちゃんが僕に心を開いてくれたのは、高校生半ばくらいだったかなあ。本当に少しずつ、少しずつだった。誕生日にプレゼントを渡して突き返されて、来るなって言われた学校行事を見にいって、……梨依ちゃんが学校で嫌なことがあって泣いていた時に、話を聞いて。おっさんから孝弘さんに昇格して、僕と笑って会話してくれた時は、涙が出たよ」

その時の光景を思い起こしているのだろう。孝弘さんは、涙ぐんでいた。

「まあきっと、由梨さんも僕の知らないところでいろいろ梨依ちゃんに話してくれていたんだろうね。……たぶん、孝弘さんと再婚してもお父さんを愛する気持ちは変わらないとか、そんな感じでさ」

「……なるほど」

由梨さんのそんな言葉ももちろん梨依の心に響いたとは思うが、孝弘さんの存在を許せた一番の理由は彼女が成長したことだろう。

自分のためにひとり身でいる母の孤独に気付いた時、きっと梨依はそれまでの自身の行いを猛省したに違いない。

「だから僕は、君が羨ましいよ。こんなに早く梨依ちゃんと仲よくなれてさ」

そう言って俺に微笑みかけた孝弘さんの瞳から一筋の涙が零れ落ちた。

「ありがとう凍夜くん。梨依ちゃんの最後の旅に付き合ってくれて。……君だって辛いはずなのに」

孝弘さんは俺の片手を取って、両手で包み込むようにギュッと握ってきた。

「付き合ったんじゃないです。最初はそうだったんですけど……。でも今は俺が梨依さんと一緒にいたいから、一緒にいるんです」

心からの思いを込めて、俺はそう答える。すると孝弘さんの瞳から、とめどなく涙が溢れてきた。

「……本当にありがとう。梨依ちゃんと愛し合ってくれて」

俺はなにも言わずに、無言で孝弘さんの手を握り返した。

あと五食

俺はそのまま、梨依とその家族と最期の時まで一緒に過ごすことになった。

三人にそう提案された時に、「家族水入らずの時間がなくていいのかな」と尋ねたが、「なに言ってるの！　梨依の彼氏なら家族も同然！」と由梨さんに強く主張されたので、お言葉に甘えることにした。

一夜明け、日曜日になった。あまり眠れないまま、用意された客間で朝を迎えてリビングに入ると、カウンターキッチンで由梨さんが朝食を作っていた。

「おはよう、凍夜くん」

「おはようございます」

笑顔で、しかし腫れぼったい目で挨拶をしてくる由梨さんに、俺は小さく頭を下げながら挨拶を返す。

すでに起床していた梨依に「遅いよー、凍夜くん」と苦言を呈されたり、由梨さんと一緒にキッチンに立つ孝弘さんに「凍夜くん、玉子焼きは甘い派？　しょっぱい派？」と尋ねられ「どっちも好きです」とか答えているうちに、朝食が出来上がった。

炊き立てのご飯、豆腐とねぎの味噌汁、浅漬け、ふわふわの玉子焼き、鯵の開きという、理想的な和の朝食がテーブルに並んでいた。

これぞ、ご飯党の俺にとっては至高の朝食だった。

「やっぱりお母さんの玉子焼きが一番だー！」

満面の笑みで玉子焼きを頬張る梨依。ほんのり甘くふわふわしていて、淡い黄色に焼かれた玉子焼きは絶品だった。

鯵の開きも程よく脂がのっていてほかほかのご飯にぴったりだったし、だしの利いた味噌汁は心が安らぐ懐かしい味だった。

実家を出るまで梨依は、由梨さんによる最高においしい朝食を毎日食べていたのだ。こんな環境ではおいしい物を堪能するのがなによりも好きになるのは当然だと思えた。

梨依が「おいしい！」と言う度に、由梨さんの瞳が潤んでいるのが見えた。同時に、娘の笑顔をじっくりと眺めているのも。

皆が朝食を食べ終わる頃、つけっぱなしのテレビから天気予報が流れた。

「都内は夕方から天気が崩れ始め、夜にはまとまった雨が降るでしょう」

アナウンサーのそんなひと言に、俺は心の底から落胆を覚える。昨日までは、今日は一日快晴予報だったのに。

梨依が天気さえよければ毎年見るようにしているというふたご座流星群は、明日極大を迎える。さらに今年は、十年に一度しか訪れない、最良の条件下で流星がよく見られる年らしい。

しかし、明日の夜、梨依はすでにこの世に存在しない。

「もしかしたら今日、少しでも流れ星が見られると思ったのになあ……」

とても残念そうに梨依がぼやく。

ふたご座流星群は、極大の日じゃなくても出現期間の二週間余りの間なら見られる場合があるらしい。しかし、最近梨依も夜空をなるべく見るようにはしていたが、まだ流星はひとつも見られてはいないとのことだった。

極大の前日である今夜ならば、ひょっとしたら流星も姿を見せるんじゃないかと昨日梨依が期待していた。しかし雨天では、星空自体が拝めないのだ。

——なんでよりによって雨なんだよ。

気まぐれな雨雲の仕打ちに、俺は心の底から恨みをぶつける。

朝食のあと、梨依は由梨さんと共にキッチンに立った。今日は四人で近くの公園へ出かけ、お弁当を食べる予定になっていたのだ。

「おかーさん、おにぎり何個いるかな？」

「ひとり三個くらいじゃない？」

「そうだね。……あ、でも凍夜くんはめっちゃ食べるから。あいつの分は五個くらい握っとこう」

なんていう母娘の会話がキッチンの方から聞こえてくる中、孝弘さんはテレビに俺が大会に出た時の動画を流し、熱心に見ていた。

それまで彼の中で五輪選手としてうろ覚えだった室崎凍夜が、娘の彼氏という存在になったから、どんな人間なのか見たくなったのだろう。

「すごいね……！　よくあんなに高く、速く飛べるなあ。同じ人間とは思えないよ」

画面の中で次々にトリックを決める俺を、信じられないとでも言いたげな面持ちで眺めながら、孝弘さんは言った。

そんな孝弘さんの言葉を聞きつけたのか、カウンターキッチンから顔を出して梨依が得意げな顔をした。

「ね、すごいでしょ凍夜くん！」

「本当ねー……。かっこいいわー。人間離れしてるわねえ……」

由梨さんも感心したように言う。三人に褒めちぎられた俺だったが、気の利いた返しが思いつかず「はあ」と頭をぽりぽりと掻いた。

　昨日と同様、穏やかでのんびりとした空気で空間は満ちていた。梨依と由梨さんが仲睦まじそうに弁当を作っているのは微笑ましい光景だったし、梨依の義理の父にスノーボードをしている俺を讃えてもらえるのも嬉しかった。

　だがふとした瞬間に、そんな気持ちはすぐに深遠な闇に覆われてしまうのだった。

　涙が出るのを俺は何度堪えただろうか。

　由梨さんが時折ふと席を外す時があったけれど、たぶん密かに泣いていたのだろう。

　昼前に、出来上がった弁当を携え、俺たちは近所の大きな池のある公園へと徒歩で向かった。

　寒い時期だが、日曜だからか家族連れや散歩に訪れた恋人たちなど、公園内は賑わっていた。池にはスワン型ボートやローボートがたくさん浮かんでいる。

　公園内の開けた場所で梨依がレジャーシートを広げた。タイフェスティバルに彼女が持参していた物だ。

　あの時はまだ、自分が梨依にこんな想いを抱くなんて想像もしていなかった。そんなことを考えながら、シートの上に座った俺は梨依と共に弁当を広げる。

　重箱三段重ねで、おにぎり、おかず、果物がぎっしりと詰まった豪華な弁当だった。

　俺はまず、きれいに海苔が巻かれたおにぎりにかぶりつく。塩気がほどよく効いていて、中の梅干しがとても酸っぱく、「こういうのでいいんだよ」という感想がつい漏れてしまいそうな、申し分のない完璧なおにぎりだった。

「おにぎりおいしいね」

俺が感想を述べると、梨依がパッと瞳を輝かせた。

「えっ、ほんと!?　それ、私が握ったんだよー！」

「へー、上手じゃん」

素直に俺が褒めると「ふふっ」と、梨依は微笑んだ。込み上げてくる嬉しさを噛みしめているような、そんな笑みに見えた。俺の自惚れかもしれないけど。

「おかずもデザートもあるからね。凍夜くん、たくさん食べてね」

「はい、ありがとうございます」

由梨さんにそう促されたのもあって、俺は本当にたくさん食べた。おかずもデザートも全種類手をつけたと思う。

梨依も終始おいしそうに弁当を味わっていた。俺や家族と他愛もない話をしながら。

レジャーシートの上で重箱三段重ねの弁当をわいわい食べる俺たちは、誰がどう見ても幸せな集団だろう。決して大きな不安など抱えていない、四人家族とか、中年夫婦とその子供夫婦とか――そんな風に周囲には映っているだろう。

明日梨依が死ぬなんて、この光景からはきっと誰も想像出来ない。

「この公園、小学生の時に遠足で来たんだよね。でさー、帰り道にのんびり歩いてたらクラスのみんなに置いていかれて迷子になっちゃって。お母さんが私を捜しに来たんだよね」

その時のドジな自分を思い出しているのか、梨依が悪戯っぽく笑う。

「あー、懐かしい。そんなこともあったわねえ。梨依がいなくなった！ って学校から電話があった時はびっくりして、心臓が止まるかと思ったのよ」

そんな梨依を軽く責めるように由梨さんが言う。

「そのくらいで心臓止めないでよー。もう、お母さんは大袈裟なんだからー！」

梨依の言い方が面白かったのか、孝弘さんが「あはは」と声を上げて笑った。梨依も、「ふふっ」と小さく笑っていた。

「……今度こそ、本当に迷子になっちゃうのね」

悲しげに微笑んで、由梨さんはぽつりと呟いた。決して迎えに行くことの出来ない場所へ、もうじき最愛の娘が行ってしまう。

俺の胸が激しく痛む。寿命が縮まっている気さえするほどに。

梨依はそれにはなにも答えず、ひとつだけ残っていた蛸の形に切られたウィンナーを頬張った。

――時々、俺はこう思う。

もし、もっと前に梨依と俺が出会えていれば。平穏で幸福な時間を、もっと長く過ごせたんじゃないかって。

しかしそんな『もしも』の話を深く想像すると、毎回『そんなことはありえない』という結論に行きついてしまう。

怪我をする前の俺は、脳内の九十九パーセントがスノーボードに関することで占められている、向こう見ずで他人にほとんど興味のない男だった。

もし、病気になる前の梨依が俺の前に現れたとしても、気にも留めなかっただろう。

そもそも、元々梨依のような口数の多い人間はあまり好きじゃない。なんで今の俺が梨依にこんな想いを抱いているのか、実は自分でも理解出来ないのだ。

つまり、俺たちはあのタイミングでない限り、共に行動することはありえなかった。

瀕死の重傷を負って死の恐怖に苛まれていた俺と、余命百食だからと強引に俺を誘う梨依でなければ。

俺たちは、共においしい物を味わったあとに、永遠の別れが決定づけられた出会いしか出来ない運命にあったのだ。

どう考えても、それ以外のルートで俺たちが交わることはありえなかった。

――なんなんだよそれ。俺、前世で悪いことでもしたのかよ。

そんな風に、残酷極まりない自分たちの運命に俺が内心毒づいていると。

「あー、おいしかった。ごちそうさまでした」

空になった重箱の前で、梨依は屈託なく微笑んであの台詞を口にしたのだった。


弁当を味わったあと、俺たち四人は西武池袋線で練馬高野台駅へと移動した。

そして梨依が通っている大学病院へと向かう。余命がわずかになったら、梨依は毎日主治医の道重先生のところを訪れなければならないとのことで、五日前から通っていたそうだ。

実は昨日も、梨依の実家を訪れる前に診察を受けていた。昨日の午前中の時点で余命は予定通りの、あと七食だった。

「先生、昨日から、やっぱり余命変わらない?」

いつものように検査を終え、丸椅子に座った梨依が向かい合っている道重先生に尋ねた。彼女の背後には俺と由梨さん、孝弘さんが控えている。

「……そうだね。あと三食だ」

　ここまでくると、さすがに死に多少は慣れている医師でも胸に迫るものがあるのだろう。沈痛そうに道重先生は口を開いた。

「そっか。つまり明日の昼食が最後ってことだね。最後の晩餐……じゃなくて、最後の昼餐だね」

　梨依の声にも覇気がなかった。俺の隣に立っていた由梨さんが「うっ……」と声を漏らした。その背中を孝弘さんが優しくさする。

「以前に梨依ちゃんに話していた通り、最後の食事は病院でとるようにね。好きな物を持ち込んでいいから。明日、朝食を食べ終わったら来てね」

「はいはい、分かってます。……最後が病院だなんて味気ないなあ」

　溜息交じりに梨依は言う。

「他の病気で死ぬ人の大半は、数か月も前から病院のベッドの上で病院食だよ。そもそも思うように食べられない人も多い。梨依ちゃんみたいに最後まで活動的に動ける人なんてほとんどいないんだよ」

「あー、たしかにそうだね。その点はこの病気のいいところだね」

　妙な道重先生の励ましに、梨依は納得したように答えた。そのまま簡単な検査のみで今日の診察は終了となる。

——死が約束された病気の、なにがいいところだよ。

胸中でひっそりと、余命百食への恨み節を俺は吐く。

「明日の昼食はなにを食べるの」

外来の診察室を出てから俺は梨依に尋ねた。

梨依は「うーん」と唸ったあと、こう答える。

「実はもう、大体食べたい物は食べつくしちゃったんだよね」

たしかに、ブログとノート両方の『りーのおいしい日記』を読んだが、記述されていたほぼすべての店をすでに回りきってしまっていたようだった。

梨依は由梨さんの方を向いて、微笑んだ。

「だからお母さんのご飯がいいな！」

由梨さんは虚を衝かれたように目を見開いたあと、梨依に向かって笑みを返す。泣くのを堪えているのか、頬がプルプルと震えていた。

「そんなの、いくらでも作るわよ。なんでも食べたい物を言ってね、梨依」

「うん。ありがとう、お母さん」

梨依は心底嬉しそうに、満面の笑みを浮かべた。

梨依の実家に四人で戻ると、窓から覗く空は、分厚い灰色の雲で一面覆われていた。梨依は悲しそうに窓の外を眺めている。永遠に流れ星を見られないことに、打ちひしがれているのだろう。

——なんで今日に限って雨なんだよ。明日は晴れだっていうのに。……明日じゃ意味がないんだよ。今日じゃなきゃ、ダメなんだよ。

なんとかして今日、星を見る方法はないだろうか。晴れている地域まで急いで行くか？

しかし天気予報によると、日本地図はほぼ雨か曇りマークで覆われていた。

天気が悪くても星が見られる方法……。

ソファに座ってぼんやりと窓の外に視線を送る梨依の前で、しばらくの間必死で考えた結果、プラネタリウムを思いついた。

スマートフォンで調べたところ、池袋にもあるらしい。

しかし梨依は本物の流れ星を見たいに違いない。作り物の星なんて邪道だと、失笑されてしまうかもしれない。

そんな不安を抱きつつも、俺は口を開いた。

「梨依」

「ん？」

「これからプラネタリウムに行かない？」

梨依は驚いたように目を見開いたあと、みるみるうちに顔を綻ばせた。まるで蕾が開く瞬間の花のような、晴れやかな笑顔。

「行きたい！　絶対行く！」

立ち上がって、文字通り飛び跳ねながら梨依が叫ぶ。そしてそのままキッチンで夕飯の支度をする由梨さんの方へと駆け寄った。

「今から、凍夜くんと一緒にプラネタリウムに行ってくる！」

「え!?　それなら、私も……」

由梨さんは口を噤む。彼女は一分一秒でも多く、娘と共に過ごしたいはずだ。

しかし、年頃の娘にとっては、恋人と過ごす時間がなによりも幸せなはずだと考え直したのだろう。笑みを作って、続ける。

「いってらっしゃい。……梨依のリクエストのカレーを作って、お母さんは待ってるからね」

「うん！　ありがとう、楽しみ！」

梨依は嬉々とした面持ちで声を上げた。

「じゃあ、いってきます」

俺は由梨さんと、ソファに座っていた孝弘さんに向かってぺこりと頭を下げる。切なそうなふたりの双眸を目にして、なんだか悪い気がしてきてしまった。

しかし、梨依は俺の思った以上に喜んでくれていた。申し訳ないが、俺にとって一番大切なのは梨依の気持ちなので、ふたりには悪いけど、梨依の数時間を頂戴することにした。

すぐに家を出て、西武池袋線で池袋駅に行き、徒歩でプラネタリウムのあるビルへと向かった。

そこは、大きなショッピングモールで展望台や水族館もある。手を繋いで微笑み合う恋人たちや、仲睦まじそうな家族連れと、何組もすれ違った。

将来の展望があるだろう彼らを見るたびに、俺の胸は張り裂けそうになる。

もちろん、そんな感情はおくびにも出さずに、俺は梨依と「混んでるね」「ここはいつだって混んでるんだよねー。私は久しぶりに来た」なんて他愛もない話をしながら、プラネタリウムへと向かった。

俺たちが選んだプログラムは、『世界各地を巡る星空の旅』。万里の長城、エアーズロック、モアイ像など、スノーボード関係でしか海外に行ったことのない俺でも知っている、各地の名所の上に満天の星が映し出される。

とても壮大な美しい映像で、本物の星が頭上に輝いているのではないかと惑わされる瞬間もあった。何万光年も離れた星の光を模した映像を見ているうちに、自分たちがどれだけちっぽけな存在なのか思い知らされた気がした。

人ひとりの死など、この宇宙にはなにも影響を与えない。梨依が生きている今日も、死んでしまう明日も、太陽は変わらずに東から昇って西へと沈んでいく。

「あ、ウユニ塩湖だよね。ここ、行きたかったんだよなあ」

周囲の観客の迷惑にならないよう、梨依が声をひそめて、しかし無邪気に言う。

もう決して、梨依が行くことの叶わない場所。

俺は本当に、このプラネタリウムに彼女を連れてきてよかったのだろうかと、その言葉を聞いた瞬間、自問自答してしまった。

しかし映像の最後は、なんとふたご座流星群の流れ星たちが天井一面に輝いた。

上映終了後、梨依は伸びをしながら心底嬉しそうにこう言った。

「ふたご座流星群を見られてよかった～」

そのひと言を聞いた瞬間、先ほどの俺の不安は払拭されたのだった。

「あまりにもきれいで夢中で見入っちゃったからさ。お願い事をするの忘れちゃったよ。……あ、でも作り物だから願っても叶わなかったかなあ」

ビルを出て、雨の中並んで帰路についていたら梨依がそう話し始めた。

「ね、私がなにをお願いしたかったか分かる？」

無邪気に尋ねてくる。

明日死ぬ君が星に願うこと。そんなのひとつしか思い当たらない。

しかしあえて質問してくるということは、きっと違うのだろう。そうなると思いつかなかった。

「分からないよ。なに？」

「教えない～」

梨依は悪戯っぽく微笑む。

「願い事は、誰かに言ったら叶わなくなっちゃうので秘密でーす！　まあ、願えなかったんだけどさ」

「ならいいじゃん。教えてよ」

「んー、やだ。でもたぶん、叶うと思うんだよね。この感じだと」

「ふーん。叶うといいね」

結局梨依の願いはまったく想像が出来なかったけど、これ以上尋ねるのも野暮な気がして、俺はそう答えた。

「そうだね！」

そう言って梨依は笑みを深くした。

梨依の実家に戻り玄関のドアを開けた瞬間、カレーのスパイシーな匂いが漂ってきた。すでに出来上がっていたため、すぐに四人で食卓を囲むことになった。

ごろっとして角の取れたじゃがいもと人参、角切りの牛肉が入った中辛のスタンダードなカレーだった。

梨依は「おいしい！」と何度も言いながら、満面の笑みでカレーを味わっていた。

由梨さんと孝弘さんはそんな梨依に何度も頷き、ぽろぽろ涙を流しながらカレーを食べていた。

そんなふたりを見ていたら、俺の涙は引っ込んでしまった。幸せそうにカレーを頬張る梨依と、悲しみに暮れる彼女の両親を眺めながら、ゆっくりとスプーンを動かす。

相変わらず、もうすぐ死ぬとは思えないほど健康そうな梨依。

俺はひょっとするとまだ、心のどこかで彼女が死なないいんじゃないかと思っているのかもしれなかった。

あと二食

　一睡も出来ずにとうとう運命の朝が来てしまった。

　眠ったら朝が来てしまうと思っていたら眠れなかったのだが、眠らなくても朝は来るのだ。

　昨晩は、みんなあっさりと次の日を迎えるのが辛かったようで、リビングで深夜までとりとめのない話をしていた。しかし最初に「もう眠いから寝るね」と言って寝室に入ったのは梨依だった。

　あっけらかんとそうのたまう梨依に対して、由梨さんも孝弘さんも愕然とした面持ちをしていた。

「梨依、ひとりで寝るの……？」

　掠れた声で由梨さんは尋ねた。その問いには、最後の夜だというのにひとりで大丈夫なのかとか、もうあと少しの時間しか残されていないのだから一緒にいさせてとか、さまざまな意味が込められているように思えた。

　梨依は頷いて、こう答えた。

「うん。もう子供じゃないんだから、ひとりで寝るよ」

「で、でもっ……！」

「ひとりがいいの、今夜は」

泣きそうな顔をしている由梨さんに、梨依が寂しげに微笑んでそう告げる。そこまで言われてしまえば、いくら母親と言えど引き下がるしかないだろう。

かくいう俺だって、一秒でも多く梨依と同じ空間にいたかった。だけどひとりがいいと断言されたあとに、そんな主張など出来るはずもない。

この状況で、梨依の意思以上に大切なものなどないのだから。

そう強引に自分を納得させ、俺も客間でひとり床に就いた。しかし、入眠出来る気なんてしなかった。

梨依に残された時間は、あと二食分しかない。

そう思うと、なんでこんな個室に俺はひとりで寝っ転がっているのだろうと苛立ってきた。

どうしても、梨依の顔が見たくなる。ひとりで寝たいという梨依の意思を、尊重するつもりだったのに。だけど欲求が抑制出来ない。

忍び足で梨依の部屋に入って、眠っている彼女の顔をひと目見たら、立ち去ろう。

そう決意して、息をひそめ足音を消して梨依の部屋へと向かう。音を立てないようにドアを開ける。すると梨依がベッドの上で布団を頭から被っているのが見えた。

体を震わせて、声を押し殺してすすり泣いている光景が。

俺はいてもたってもいられなくなって、気配を消すのも忘れてベッドの方へと歩み寄る。きっと梨依は俺の存在に気付いただろうけれど、なにも言ってこなかった。

俺は梨依が被っていた掛け布団をめくる。梨依の顔は涙と鼻水でぐしゃぐしゃになっていた。

きっと梨依は、自分のこんな姿を家族に見られたくないという一心で、「ひとりで寝る」と宣言したのだ。

俺と目が合うなり、梨依は「うわーん」と子供のように大きな声を上げた。そしてベッドの傍らに立つ俺に縋るように手を伸ばしてきた。

俺は梨依の隣に寝転ぶと、彼女の細い体を抱きしめた。俺の胸に顔を押しつけ、梨依は号泣し続けた。なにも言わずに、彼女の背中を俺はずっと撫で続けた。

次第に真夜中の梨依の慟哭は治まってくる。泣きつかれた梨依は、俺に抱擁されたまま眠ってしまった。

窓を打つ雨の音がする中、俺は梨依を抱きしめたまま、眉間に皺を寄せた彼女の寝顔をひと晩中眺めていた。このまま時間が止まってくれないかななんて、馬鹿げたことを考えながら。

朝、リビングで顔を合わせた由梨さんも孝弘さんも憔悴しきった顔をしていた。どうやら彼らもまったく眠れなかったようだ。

腫れぼったい目の梨依だったが、眠ったせいか血色は悪くなかった。相変わらず、今日寿命が来てしまう人間とは思えないほどに。そして、昨晩の号泣などなかったかのような無邪気な様子で「おはよー」と皆に挨拶していた。

昨日と同じような完璧な和の朝食を皆で食べたあと（梨依以外は、半分以上残してしまった）、梨依の実家を出て最寄り駅へと向かう。

俺と梨依が並んで歩く少し後ろに、由梨さんと孝弘さんが続く。

「今日は本当に天気がいいんだなあ。……くそう」

梨依が空を眺めながらしかめっ面でぼやく。二度と流れ星が見えないことを悔やんでいるにしては、軽い口調だった。

なんて返したらいいか分からない俺が、ただ梨依を見つめていると。

「……あ、でも凍夜くんとプラネタリウムに行けたから結果オーライかな！」

と、元気よく言ってくれた。まるで落ち込む俺を励ますかのように。俺は「そっか。よかった」としか返せなかった。

駅までの道中でも、電車の中でも、梨依は能天気な様子で「あそこの定食屋安いんだよね」とか「今止まった駅のすぐ近くにあるパン屋のあんぱんおいしいんだよね」とか、俺にあまり中身のない話をしてきた。

その言葉に相槌を打つ俺の近くには、今日が世界の終焉だと絶望しているような、悲痛な面持ちをしている中年夫婦がいるというのに。

大学病院に到着する直前まで、終始梨依は普段とたいして変わらない感じだった。

しかし、病院に辿り着き、開いた自動ドアの前で梨依は立ち止まった。

「……入りたくないな。やっぱり死にたくないよ」

泣きそうな顔を俺に向けて、か細い声でそう訴えてきた。俺は言葉に詰まって、立ちすくんでしまう。由梨さんが嗚咽を漏らす声が背後から聞こえてきた。

梨依は瞳に涙をためて、ぎこちない笑みを俺に向けるとこう続けた。

「このまま病院に行かなければさ。もしかしたら私、死なないんじゃないかなって思っちゃう。だって今、すごく元気なんだよ。どこも痛くないんだよ。……このまま逃げ出して、余命百食のことなんて忘れて、全部なかったことに出来ないのかな」

「――いいよ、行かなくても」

俺はやっとそう答えた。

実は以前、道重先生から俺はこんな話を受けていた。

余命百食の患者の中には、余命を受け入れられず、最後の日、病院にやってこない患者もいる。梨依もひょっとしたらそうなるかもしれない、と。

そうなったらそうなったで構わないが、この病気の余命はまるでプログラムされたかのように正確で、特に死に至る時間はほぼズレがないから気を付けて欲しいとのことだった。

最後の食事をとると、その後、眠るように穏やかに死んでいく病。そうなると必然的に皆、その食事をとらなければ寿命が延びるのでは、と考える。

だが余命百食という悪魔は、最後の食事の際に普段の食事の時間を一時間ほど経過してもなにも食べていないと、それを察知したかのように、患者を死に至らしめるのだという。しかも、痛み止めすら無力化してしまうほどの激痛を与えながら。

それを知っている余命百食の患者のほとんどは、結局諦めて最後の食事をとるのだった。安らかな死を迎えるために。

だからもし、梨依が病院に行くことを拒否したとしても、彼女は今日命を落としてしまう。しかしそれが梨依の意向なら、無理に病院に連れてこなくていいと道重先生は俺に告げた。その場合、梨依に最期までついていてやって欲しいと。

　俺が答えてから梨依はしばしの間黙考したあと、口を開いた。

「ううん。やっぱり病院、行く」

「……いいの？」

「うん。だってこれが一番みんなに迷惑かけないよね」

　たしかに、医師や看護師が大勢いる大学病院で亡くなるのが、俺や、家族にとっては、一番穏やかな気持ちでの見送りとなるだろう。

　だけど迷惑とかそんなこと、もうどうだっていいんだよ。

「今さら梨依が迷惑とか言うの。もうかけられまくってるから、べつに」

　真剣に答えたけれど、おちょくっているような言葉になってしまった。しかし本心だった。

「……そうだけど。じゃあ最期くらい、迷惑かけないようにしたいよ」

　梨依はそう言って、自動ドアをくぐった。俺はなにも答えずにそれに続く。

　受付を済ませたあとは、いつものように診察室に向かうのではなかった。入院窓口を経て、あらかじめ梨依のために準備されていた個室へ案内されたのだ。中心に白いベッドが置かれた白いカーテンの揺れる、清潔感のある殺風景な病室へと。

看護師が梨依の血液を採取して部屋を去ってからしばらくすると、道重先生が入ってきた。眉間に皺を寄せて、辛そうな顔で梨依を見つめる。梨依は力なく微笑んだ。

「あー。その顔はやっぱりあと一食で私が死ぬって表情だね」

「……今の検査で出た数値だと、そうだね」

重苦しい様子で口を開く道重先生。梨依は「あーあ……」と覇気のない声を上げてからため息をつく。

ベッドに梨依が寝かされると、彼女の体には無数の管が取り付けられた。体温やら血圧やらと、あとは意味不明な数値がベッドの横に設置されたモニターに表示される。

梨依が死を迎える準備が整うと、すでに時刻は十二時を迎えていた。

いつも梨依が昼食を食べる時間だ。

由梨さんがベッド用テーブルの上に持参した重箱を置き、震える手で蓋を開けた。

唐揚げや玉子焼き、色とりどりの手まり寿司がぎゅうぎゅうに詰められていた。

それらがとんでもなくおいしそうなのが、酷く悲しい。

「……梨依の好物ばっかり、作ったんだよ」

力のない声で由梨さんが梨依に告げる。梨依は嬉しそうに満面の笑みを浮かべるけれど、さすがにもう悲しそうな微笑みにしか見えない。

「ありがとう！　全部食べるねっ。……なるべくゆっくり、ね」

そう言って、まずはスモークサーモンが巻かれた手まり寿司を手に取った梨依。

ラップを丁寧に剝がした梨依は、口元に寿司を持っていく。

しかし、なかなかひと口目に移らない。……無理もない。この弁当を食べ終わったら、彼女は死ぬのだから。

だがあまりぐずぐずしていると、梨依は苦痛の伴った死を迎えることになってしまう。だけど「早く食べな」なんて急かすのも酷過ぎて、もちろん言えるわけがない。

すると梨依が、手まり寿司を持ったまま道重先生に視線を合わせた。

「ねえ、先生。食べるの渋れば少しは寿命は延びるんだっけ」

「……もしかしたら、少しはね。でも本当に少しだけだし、あまりもたもたしてたらそのうち梨依ちゃんが苦しくなって、そのお弁当がおいしく食べられなくなる」

「そっか……。お母さんが私のために作ってくれたお弁当、無駄にしたくないな。おいしく食べないと、いけないね」

そう言ったあと、梨依は手まり寿司に思いっきりかぶりついた。そして数回咀嚼したあと「おいしい！」と喜びの声を上げる。

死へ向かう最後の食事をとる梨依は、今どういう気持ちなんだろう。想像を絶していて、こんなに近くにいるというのに俺には全然分からなかった。

梨依が手まり寿司を、唐揚げを、玉子焼きを次々と普段のペースで食べていく。とてもおいしそうに。

その光景を見ていたら、頭の中がぐちゃぐちゃになって、眩暈がしてきた。

しかし俺が倒れている場合じゃないと、必死に踏ん張る。——だが。

「……凍夜くん。ちょっと休んでおいで」

俺にだけ聞こえるようなごく小さな声で、孝弘さんがそう告げた。驚いて彼の顔を見ると、神妙な面持ちでさらにこう言った。

「顔、真っ青だよ。梨依ちゃんが不安になる。……まだ食べ終わるまで、時間があるから」

感情を表に出さないように気を付けていたのに、顔色まではどうにも出来なかったらしい。

俺が青い顔をしていることに気付いたら、きっと梨依はおいしく弁当を味わえなくなってしまうだろう。

俺は孝弘さんに勧められた通り、「ちょっとトイレ」と告げて病室を出た。

もちろんトイレに行きたいわけではなかった。俺は、ただ病室の外にしばらくの間突っ立った。体が小刻みに震えている。

なかなか病室の中に戻る勇気が出ない。まだ顔色が戻った気はしなかったし、死へと向かっている梨依を見るのが、あまりにも辛すぎた。

だけど生きている梨依の顔が見られるのも、彼女の声が聴けるのも、本当にこれが最後なのだ。

……それに、俺は彼女と約束しただろう。死ぬ時まで一緒にいるって。

そう自分に言い聞かせて、病室へと入ると。なんと梨依は弁当を完食していた。

道重先生の話では、最後の食事をとり終わったあと、しばらくしてから患者は猛烈な睡魔に襲われ、眠ったまま緩やかに心臓が止まっていくとのことだった。

そう、梨依はもう息絶える寸前だった。

――しかし。

病室はなぜか悲愴感に包まれていない。俺が入る直前まで、道重先生となにか会話をしていたらしい梨依が、きょとんとした顔でこう尋ねた。

「数値が下がりきっていないって。先生、どういうこと？」

――え？

意外な梨依の言葉に俺は虚を衝かれる。

最後の食事をとり終えた直後、余命百食指数はゼロに下がるという話だった。

それが下がりきっていないって……？

道重先生はモニターを眺めながら、神妙な面持ちでこう答えた。

「俺にも原因は分からない……。分からないけど、本来なら今ゼロになっているはずの数値が、まだ残っていて……食事をとる前の値の、半分しか下がっていないんだ」

由梨さんが道重先生に詰め寄る。

「え……!?　本当にどういうことなんですか！　それは梨依の病気が治ったということですか!?」

最後の食事をとったのに死ぬ気配がない娘に、母親は一縷の望みを抱いたようだった。

……俺だって同じ思いだ。死ぬはずの梨依が、死なない。そんなの、病気がなにかの間違いだったとか、奇跡的に治ったのだとか、そういうことなのだろうか。

だが道重先生は、沈痛そうな表情ですぐに首を横に振る。一瞬思い描いた明るい未来が、ガラガラと崩壊する。

「他の数値から推測するに、残念ながらそうではないです。そうではない、ですが

――」

目を見開いている梨依を見つめて、道重先生はこう告げた。

「おそらくあと一食だけ。梨依ちゃんの寿命が延びました」

それは、たったひとかけら――そう、たとえば広大な宇宙の中にぽつんと存在する、年老いた恒星のように。

ほんのひと時だけ輝くことを許された星のような、ちっぽけな奇跡だった。

最後の食事を終えた梨依の余命百食指数が、下がりきらなかったことが分かったあと。

道重先生は改めて梨依を診察したり、検査結果が書かれた紙とにらめっこをしたりしていろいろ調べていたが、なぜ数値が下がりきらなかったのかは不明だった。

報告されている余命百食患者の中に、最後の食事をして数値が下がりきらなかった者は誰ひとりとして存在しなかったらしい。

前代未聞の事態が梨依の身に起こっている。

そして、たった一食だけだが、宣告されていた余命を覆した梨依はとてもはしゃいでいた。もうすぐ死ぬという事実は変わらないのに、そんなことどうでもいいと思っているんじゃないかってくらい、元気そうだ。

「たぶんだけどさ。余命百食になったのにもかかわらず、『あと百食!? じゃあおいしく食べてやろうじゃないの!』って私がさんざん楽しんでやったから、病気が根負けしたんじゃないかって思うんだよね!」

ベッドのそばで相変わらず首を捻っている道重先生に向かって、梨依が弾んだ声で言う。

そんなことがあるのか、と信じられない俺だったが、道重先生はポリポリと頭をかいたあと、意外な回答を口にした。

「……実際、それがないとは言いきれないんだよね」

「え、マジ? 私、冗談で言ったのに」

「病は気からって諺があるけれど。本当にあるんだよ、そういうことって。前向きな患者ってのは、医学的には説明出来ない奇跡を時々起こすんだ。俺も何回かだけど、経験したことがある」

「そうなの? じゃあ私奇跡起こしちゃった系?」

「うん。しかも俺が見た中で最大の奇跡だよ。だって前例がひとつもないんだから」

そう梨依に告げる道重先生は、微笑んでいた。今日ずっと沈痛な面持ちだった彼が、初めて見せた柔らかい表情だった。

「えー！　私すごいじゃん！　先生、このこと学会とかで報告したら一躍時の人じゃない？」

わくわくした様子で梨依が言うと、先生は「ははっ」と声を上げて笑ったあと、こう続けた。

「そうだね。みんなびっくりするよ、梨依ちゃんのこと。……最初に俺が君に余命百食って告げた時さ。『あと百食しか食べられないなら厳選したおいしい物食べないと……』って、梨依ちゃん言ってたよね？　もちろん落ち込んではいた感じだったけど、すぐにそういう風に考えられるこの子やべえなとは、思ってたんだよね」

「やべえ……。褒める意味の『やべえ』だよね」

「もちろん。その時もびっくりしたけど、まさか最後まで驚かされるなんてね」

手放しで褒める道重先生の言葉を聞いて、梨依は不敵な笑みを浮かべる。

「……ほう。私、なんだかいい気分だ」

「はは。梨依ちゃんの主治医になれて、光栄だよ」

「私も、先生が担当で本当によかったよ」

言葉を交わしたあと、見つめ合うふたり。

ふたりは血も涙もない余命百食という病に、ひと泡吹かせてやったのだ。お互い、戦友のような気持ちを抱いているに違いない。

そしてそれまで悲愴感に包まれていた梨依の病室は、とても明るい空気となった。梨依の小さな奇跡を知った看護師は「すごいね！」と梨依を褒め讃えた。同じ余命百食に侵され診察に訪れた男性まで梨依の元へやって来て「勇気が出ました！　俺は三食延ばしてみせます！」なんて、決意表明をしていった。

由梨さんと孝弘さんも、憑き物が落ちたかのような潔い顔をしていた。もちろん決して娘を失う悲しみが消えたわけではないはずだ。しかし予想外の事態に絶望感が薄れ、娘の最期を見届ける覚悟が固まったんじゃないかと思う。

俺がさっきまで心に感じていた重く深遠な悲しみも、いつの間にか消失していた。梨依が死ぬという事実は、もちろん耐えがたい。だがそれ以上に「やってくれたなあ、梨依」という、彼女を讃えたい気持ちの方が強かった。

——たった数時間寿命が延びただけ。梨依が今日死ぬことは変わらないというのに。梨依は鼻歌でも歌い出しそうな機嫌のよい顔で、病室を訪れて自分を称賛する人々と会話をしている。

まるで、すべてに勝利したかのような表情に見えた。

「すごく嬉しそうだね、梨依」

俺がそう話しかけると、梨依は得意げに微笑む。——そして。

「嬉しいよ。——だってふたご座流星群、見られるしね」

と、ベッドの傍らの窓から、青天を見上げたのだった。


最後のお願いだと、今晩、病院の屋上の開放を梨依は道重先生に求めた。

道重先生は「正直、想定外のケースだから梨依ちゃんがどうなるか分からない。ひょっとしたら今晩の食事をとる前に、死ぬかもしれないよ。逐一モニターの数値を確認しないと……」と真剣な声で説明した。

しかし梨依はしかめっ面でこう反論した。

「先生の言うことを聞いて、ベッドの上で迎えた百食目はもう終わったんだよ。この先は、私が気合いで勝ち取ったロスタイムじゃん。……自由にさせてよ。突然私が死んだとしても誰も文句は言わないよ」

その梨依の言葉に、結局道重先生は折れた。「梨依の好きにさせてやってください」という両親の援護もあったおかげだろうが。

梨依は、病院の前のコンビニで晩ご飯を調達したいと言った。

「コンビニ飯でいいの？」

まだ時間があるし、もっと上質な食事を用意出来そうだが。

そう尋ねた俺に梨依は「いいの！」と元気よく答えたあと、こう続けた。

「星を見ながら食べたいから、簡単でいいんだよ。それにきっと流れ星の下なら、なにを食べたっておいしいはずだよ」

『十二月十六日　梨依十三才
今日はふたご座流星群の極大の日ですって朝テレビのニュースでアナウンサーが言っていた。
極大ってなに？ってお母さんに聞いたら、「流れ星がたくさん見られる日なんだよ」って教えてくれた。「それなら見てみたい！」とせがんだら、夜ふたりで近くの公園に行って見ることになった。
信じられないくらいたくさんの流れ星が見られた。とてもきれいだった。お母さんは目を閉じて黙ってお願い事をしていた。なにを願ったのか聞いたら、「願い事は人に言ったら叶わないんだよ」と言われて、そうなんだと初めて知った。だから私も心の中でお願いした。「いつか、お母さんにとってのお父さんみたいに、私にも大好きな人が出来ますように」って。「あ、でもその人は私より先に死なないでください」って慌てて付け足した。

流れ星はちゃんと最後まで聞いてくれたかな？

晩ご飯はカップラーメンとどら焼きをコンビニで買って、星を見ながら食べた。夜の外でのご飯は、なんだか新鮮でいつものラーメンがとてもおいしく感じられた。

でも、たぶんそれってお母さんと星を見ながら楽しく食べられたからなんだろうな。

お母さんや仲よしの友達と一緒に食べるご飯はいつだっておいしい。

きっと大好きな人たちが一緒なら、私はなにを食べてもおいしく感じられる。

あー、おいしかった。ごちそうさまでした』

そう言われて、『りーのおいしい日記』の文章を思い出す俺。たしか、昔梨依がふたご座流星群を由梨さんと見た日も、コンビニで買った物を食べていたはずだ。

納得した俺は梨依とふたりでコンビニへと向かった。梨依はカップラーメンやポテトチップス、おにぎりやコンビニスイーツといった物を欲望のままにどんどんかごに入れていく。俺は最後にどら焼きを追加した。

星空の下で行われる最後のパーティー。

梨依の最後の晩餐の準備。

やがてあっけなく日が暮れ、俺と梨依はふたりきりで病院の屋上に上がった。

完全に夜になるのを待って、いつもの夕飯より少しだけ遅めの時間だ。

雲ひとつない空を注視していると、時々流星が地上へと降ってくる。それを見つけるたびに、梨依は「来たー！」と歓声を上げる。

屋上に出たばかりの時は、流れ星を見つけることに集中したかったのか、おにぎりやポテトチップスといったワンハンドで食べられる物を梨依はつまんでいた。昼食時のように食べるのを怯む様子は、一切見受けられなかった。

しかしそれだけで食いしん坊の梨依の胃が満たされるわけがない。流れ星をいくつか見つけたあと、看護師さんに持ってきてもらったポットのお湯をカップラーメンに注いだ。

お湯を入れて三分が経過すると、梨依はやはり一切渋ることなく麺をすすり出した。

「おいしい！　このやる気ない麺に濃いスープが絡む感じが最高だねっ」

カップラーメンのチープなうまさを、心から味わっている。

「そうだね」

隣で同じようにカップラーメンを食べながら、俺は同意した。

職業柄、食べ物に気を遣う必要のある俺は、滅多にカップラーメンなど食べない。しかし日本一有名だと思われる、赤い文字でロゴが描かれているこの商品には、さすがに馴染みがあった。

正直、この状況で味を感じる余裕なんてない……と思っていたが、口に放り込んだらちゃんと味がした。しかも、記憶にある味よりも数段美味だった。

「ってか、これってこんなにおいしかったっけ。いつもよりうまく感じる」

首を傾げる俺だったが、梨依は得意げに微笑む。

「やだなー、凍夜くんってば。こんなきれいな星空の下で食べるんだから、食べ物もおいしくなるに決まってるじゃん」

「そういうものか」

「そういうもの！　それとふたりで同じ物食べてるこの状況が、さらにおいしくさせてるのもあるね」

自然と梨依が昔、ふたご座流星群を見た日の日記の一節が頭に浮かんだ。

『きっと大好きな人たちが一緒なら、私はなにを食べてもおいしく感じられる。』

最後の一食に、梨依がそのおいしさを感じられてよかったと、俺は心からこのロスタイムに感謝した。

そのあとも麺をすすりながら、流れ星をひたすら梨依は探していた。とても楽しそうに、そしておいしそうに。

その手で勝ち取ったロスタイムを、心の底から楽しもうとしているのが分かった。

俺たちから少し離れたところでは、由梨さんと孝弘さんが梨依を見守っていた。悲しげに、しかし優しげな面持ちで同じように空を見上げて。

「あ！　おっきい！」

と、空を指差す梨依。言葉の通り、一際大きく眩い光を放つ流星が長く尾を引いて落ちていった。

そのまま、無言でその星を梨依は凝視していた。

「願い事出来た？」

大きな流れ星が完全に消失してから、俺は尋ねた。梨依は満面の笑みを浮かべて頷く。

「うん。今ので出来たよ。凍夜くんは？」

「……うまく出来なかった」

余命百食に罹患して、生存した事例はない。今この瞬間も、刻一刻と梨依は死に近付いている。

一食余命が延びただけで奇跡のこの状況で、「梨依の病気が治りますように」なんて願いが叶うわけがない。

だが「梨依を殺さないでください」と祈らずにはいられなかった。

そしてそう懇願した直後、こう思い直す。「だけどやっぱり余命百食からは逃れられないだろうから、あと一食……いや、それじゃ短いから百食、いや千食……もういっそのこと病気を治してください」と。

そんな風に、星が落ちてくるたびに俺の祈りは堂々巡りをした。自分でも整理しきれていないこの願いが流星に届いているとは、到底思えない。

そんな俺の事情など知る由もない梨依は、ただ残念そうに眉間に皺を寄せた。

「えー、もったいないなー。あんな大きな流れ星なら、きっと叶えてくれたよ？」

「あー……。俺の分まで梨依が願ったってことにしよう。そうすれば梨依の願いがますます叶いそうじゃん」

「なるほど！　そいつはいいね」

「……やっぱり願い事、教えてくれない感じ？」

あと一時間以内にはきっと命が尽きてしまう君は一体なにを願ったのだろう。

「うん。だって叶って欲しいから。教えらんないなあ」

「そっか」

たぶんそう言われるだろうなと思っていたけれど、もう永遠に知ることが出来ないんだなと改めて悟った俺は、落胆した。

ひと足先にカップラーメンを完食した俺は、残った麺をすする梨依を見る。彼女の右耳につけられたままの、銀色のフープピアスが髪の隙間から覗いた。

俺の右耳にも、梨依のゴールドのピアスが装着されたままだ。梨依の魂が宿っているらしい、ピアスが。

ということは、今梨依の耳で揺れている銀の輪にもきっと俺の魂が宿っている。

そんなことを考えていたら少し肌寒くなってきたので、看護師さんがポットと一緒に用意してくれていた一枚の毛布に、俺たちは寄り添ってくるまった。

カップラーメンのおかげで少し体は温まったが、それでも十二月の夜は寒い。

「おー、これはだいぶあったかいね！」

毛布の温かさにご満悦らしく、梨依がほくほくと微笑む。しかし鼻先や耳は赤くなっていた。

「うん。顔と耳は寒いけど仕方ないか」

「頭から被ればちょっとはマシかも」

梨依がバサッと頭から毛布を被せてきた。途端に、一枚の毛布の中でふたりだけの世界が出来上がる。

かくれんぼをしている子供のような状況がおかしくて、俺たちは目を合わせてクスクスと笑う。

そしてひと呼吸置いたあと、見つめ合った状況で俺たちは無言になる。

そのまま流れるように、俺たちはキスをした。一瞬だけ、梨依の温かい体温が唇に伝わる。生きている梨依の熱が。

背後には梨依の両親と、道重先生と、看護師さんが控えている。見つからないようにと、ついばむような短い口づけだった。

間違いなく、最後のキスになるというのに。あまりにあっけなくて俺は余計名残惜しくなってしまった。

しかし梨依は目を細めて頬を紅潮させ、優美に微笑んでいた。

それを見た瞬間、最後にお互いを感じられてよかったという思いと、これが本当に最後なのだというやるせない思いで、俺の心中は渦巻いた。

唇に残っていた彼女の温かみはすぐに消えてしまった。

すると梨依は何事もなかったかのように、いつもの気さくな微笑みを浮かべて、足元に置いていたレジ袋を漁り出した。

「あとはデザートだなー。でもちょっとこのどら焼き大きいなあ……」

レジ袋からどら焼きを取り出し、パッケージを眺めながら梨依がぼやく。

ジャンボ生クリームどら焼きという商品名のそれは、たしかにジャンクフードを食べ荒らしたあとの胃には重そうだ。

「ね、凍夜くん」

「ん」

「これ、半分こしよ！」

笑みを深くして、梨依がそう提案する。

「いいよ」

「ありがと！　半分だとちょうどよさそうだったからさ～」

そう答えながら、梨依はパッケージから取り出したどら焼きを半分に割り、俺に差し出した。

半円のどら焼きを受け取った俺の脳内に、自然と出会ったばかりの頃の記憶がよみがえった。

横浜中華街でフカヒレまんを半分にして、ふたりで食べた時の記憶。

あの時も、満腹になりかけた梨依が「半分こしない？」と、俺にフカヒレまんを分けてきたのだ。

分け合ったフカヒレまんは、その直前に俺がまるまるひとつ食べたまったく同じ物よりも、数段美味だった。

あの時はなぜそういう風に感じたのか不思議だった。だけど今なら、その理由がはっきりと分かる。

梨依に渡された生クリームどら焼きにかぶりつく。甘いはずのスイーツなのに、しょっぱい。

それはきっと、いつの間にか流れ出ていた俺の涙が混ざってしまったからだろう。

梨依はあっという間に、しかしこれまで俺が見た中で一番おいしそうにどら焼きを食べ終えた。

彼女は俺に潤んだ瞳を向けて、しかし大層幸福そうに微笑んで口を開く。

そして梨依お得意の決め台詞を、もう俺が金輪際聞けないだろうあの言葉を、口にしたのだった。

「あー、おいしかった。ごちそうさまでした」

梨依の葬儀には驚くほどたくさんの人が訪れ、全員が一様に悲しみに暮れていた。「なんで」「どうして」。まだうら若く美しい女の死を理解出来ない人も多かったようで、そんな声が葬儀場のあちこちから聞こえてきた。

梨依と一緒に焼鳥屋で食事をした美穂さんと由衣さんも来ていた。うまく歩けないほどショックを受けた美穂さんを、由衣さんが支えていた。その由衣さんも、涙と鼻水で顔がぐしゃぐしゃだった。

俺はあまり涙を流さない質だ。さすがに赤ん坊の頃は泣いていただろうけれど、物心ついてからはあまり落涙した記憶がない。

そんな俺だけど、梨依が逝ってしまってから葬儀までの間はとめどなく涙が溢れた。きっともう一生分の涙を流しきってしまったんだろう。水分を失った俺の目は真っ赤に腫れ上がっていた。

火葬前の棺には、声をかければ起きるんじゃないかと思えるくらい、いつもの姿の梨依が眠っていた。服装は、池袋で一緒に選んだ白いドレープワンピースだった。

彼女の長い手脚と顔の小ささが強調されるその装いに、黙っていれば本当にただの美人だなと、ぼんやりと俺は思う。

棺の中には、梨依が生前大切にしていたらしい物たちがちりばめられるように入っていた。一か月ほどしか彼女と過ごしていない俺には見覚えのない物の方が多かった。

しかしその中には代々木公園の射的で俺が手に入れた不細工な猫のキーホルダーと、表紙に『りーのおいしい日記』と記されたあのノートもあった。

そんな梨依の耳には、なにひとつ装飾品はついていない。納棺時に貴金属は入れられないのだ。しかし納骨の際に副葬品としてあのピアス——元々俺の持ち物だった銀のフープピアスをひとつだけ入れるよう、梨依はしっかりと俺に伝えていた。

「凍夜くんの魂のかけらをあの世に連れていくんだ」

と、微笑みながら。

俺の耳には、梨依の物だったゴールドピアスが相変わらずついたままだ。もう、一生外せないような気さえしている。

葬儀の合間に、由梨さんが俺に話しかけてきた。黒無地の着物姿の彼女は憔悴しきった顔で、俺に微笑みかける。

「凍夜くん。今だから言うんだけどね」

「――はい」

なにかよくないことを言われる気がして、俺は身構える。

「私、凍夜くんにすっごく嫉妬してしまっていたの。あなたがいなければ、もっと私は梨依と最後の時を長く過ごせたんじゃないかってね」

俺だって由梨さんの立場だったら、そう思うだろう。彼女が梨依と過ごせたのは、ほんの三日足らずだったのだから。

「だけど、嬉しくも思った。娘にいい人がいてよかったって。若い女の子だもの。大好きな人と一緒にいたいじゃない？」

「……はあ」

なんて返答したらいいのか分からなかった俺は、曖昧に答える。もっと気の利いたことを言えればいいのに。しかし由梨さんは気を悪くした様子はなく、こう続けた。

「ふふ。……あのね、初めて孝弘さんを梨依に紹介した時にね。梨依ってばすっごく嫌がったの。『お母さんはお父さんのことを忘れたの！』って」

「ああ……」

孝弘さんから、由梨さんとの馴れ初めを聞いていた俺はそう相槌を打つ。

「そうなのよ。だけど『お父さんのことをもう愛してないの？』って梨依に聞かれた時に、私こう言ったの。『もちろん今も愛している。お父さんはずっとお母さんの心の一番深い場所にいる。きっと一生いる』って」

「心の一番、深い場所……」

なんだかとても印象深い響きだったので、俺は自然と復唱してしまった。

「そのあと、梨依にこうも言った。『孝弘さんにもね〝あなたのことは好きだけど、お父さんのことは忘れられないし、私の心の一部を一生占めている。それでもいいですか？〟って聞いたんだよ、それでもいいよって孝弘さんは言ってくれたんだよ』ってね」

由梨さんは目を細めた。その時の記憶を追懐しているようだった。

「そうしたら梨依、すごく驚いて。そしてなんだか嬉しそうな顔をしたの。『いいなあ。私にもお母さんにとってのお父さんみたいな人が出来たらいいな』って言ったの」

「…………」

そう言っている梨依の姿が、脳内に鮮明に映し出された。俺はその光景を見たわけでもないのに。あの梨依なら、いかにもそんなことを言いそうだった。

すると由梨さんは俺を真っすぐに見据え、語りかけるようにこう言った。

「ねえ、凍夜くん。あなたは若いから、この先梨依ではない好きな人が出来る。そしてたぶん、いつかその人と結婚して幸せな家庭を築くでしょう。あなたは梨依とはたった一か月程度の付き合いだったんだし、一生愛し続けろなんて私は思わない。……きっと梨依もそんなことは望んでないはずよ」

由梨さんはいったん言葉を止めた。そして充血した瞳に強い光を湛えて、俺にこう告げた。

「ただ、梨依のことをずっと忘れないでやって欲しいの。……最後の時をあなたと一緒に過ごしたあの子のことを。時々思い出すだけでもいいの。ただ、一生忘れないでやって。あの子の母親として、最後のお願いよ」

「っ……」

俺は声を詰まらせる。

──もしかして、奇跡のロスタイム中に梨依が流星に祈った願い事は。

本人に聞いたわけではないから、確かなことは分からない。もう確認しようがない。

しかしもし、俺の想像通りだとすれば。その願いは確実に叶う。

俺が梨依のことを忘れるなんてありえない。現在の俺を容赦なく支配している梨依は、きっと一生俺の『心の一番深い場所』にい続ける。

もし、俺が誰か別の人を想うようになったとしても。そんなこと、今の俺には出来る気がしないけれど。

「当たり前です。……忘れるなんて、出来ない。出来るわけがないです」

やっとのことでそう答えた俺。すると由梨さんは、寂しげに、しかし愛しい者を眺めるような目で微笑んだのだった。

茶毘に付された梨依の姿を見てしまったら、自分が一体どんな感情を抱くのかまったく想像が出来なかった。

それが恐ろしくて、俺は火葬中に密かに葬儀場を出た。隣にちょうど公園があったので、俺はベンチに座ってぼんやりと葬儀場の建物を見ていた。

壁は薄汚れていて、年季が入っているようだった。しばらく経つと空高く伸びた煙突から、もくもくと灰色の煙が吐き出された。

煙はどんどん上空へと流れていって、雲に混じるように空へと消えていってしまう。

——そんな高いところまで行くなよ。俺がパイプで空を飛んでも、届かなくなっちゃうだろ。

そんなことを本気で思いながら、俺は空に溶けていく梨依を眺めたのだった。

ハーフパイプを滑れるようになったとはいえ、一年も競技から離れていたせいか、調整に時間がかかってしまった。

シーズン中は感覚を取り戻すのに必死だった。俺の体が大会に出られるくらいにまで整った時には、すでにシーズン最後の全日本スキー選手権大会しか残っていなかった。

そして今日はその当日。たくさんのスポンサーのロゴで彩られたウェアを着た俺は、競技前の選手が控えるレストハウスにいた。

昨年、怪我をして以来、俺が一切の表舞台から姿を消していたことから、ネットニュースやSNSでは散々な言われようだった。

もう凍夜は終わっただとか、引退間近だとか。まあ、そりゃ世間はそう思うよなあと俺は苦笑いだ。

逆に言えばそれくらいの感情で折り合いをつけられるほどにしか、周囲の声は気にならなかった。俺のことをよく知らない奴がなにを言おうと俺の精神にはほとんど影響しないのだ。

梨依がいなくなってから、黙々とハーフパイプの上で時を過ごすことで、俺は悲哀を紛らわせた。

それでも時々、もうあの笑顔が見られないのだと思うと絶叫したいくらいの悲しみに襲われる。

しかし、右耳に光る金のピアスに触れると、なぜか途端に心が穏やかになるのだ。

――本当に、魂が宿ってるのかな。なあ、梨依。

そんなことを考えながら、競技中にはめるグローブを確認していると。

「凍夜……！」

その驚いたような声は、双子の弟の雪翔だった。彼は目を見開いて俺に駆け寄ってきた。

そういえば、競技に復帰するために練習を開始してからもこいつとは会っていなかった。時折来る『練習してるの？』とか『いつ復帰するの？』なんていうメッセージに、『大丈夫』と返信するくらいしか交流はなかった。

練習場所も、ずっと違うゲレンデだったし。

「正直、凍夜はもう滑れないのかと思った」

信じがたいものを見るような目つきで言ってくる。俺は顔を引きつらせた。

「いや、ずっと大丈夫だって返事してたじゃん。本人の言葉よりネットの噂を信じるのかよ」

「そんなこと言ったって……。『大丈夫』だけじゃ信じらんねーよ。で、怪我はもう平気なの？」

なにも説明していないけど、雪翔は俺が怪我によるトラウマを抱えて姿を消したことに気付いているはず。

「うん」

俺は深く頷いた。

「マジかよ」

「がっかりした？」

間髪を容れずに俺は尋ねる。我ながら意地悪な質問だと思う。

雪翔は虚を衝かれたような面持ちになった。

ここ数年、雪翔は俺に勝てていなかった。俺さえいなければ、こいつが表彰台の一番上に立てた大会が何度もあった。

――凍夜がいなくなれば、俺の時代が来る。

こいつがそう思った瞬間もあったはずだ。……逆の立場なら、きっと俺だって思う。

実際、俺がこれまで不在だった今シーズンの雪翔は、過去最高の成績を収めている。

すると雪翔はふっと小さく息を吐いたあと、自嘲気味に笑った。

「……まあね。凍夜が滑れなくなったかもしれないことに気が付いたあと、嬉しいっていう感情がまったくなかったとは言えない」

皮肉を込めた俺の問いに、真っ向から答える雪翔。

本当に正直すぎて笑える。まあ、おあいこだが。

「ひでーなあ」

冗談交じりに俺は言う。すると雪翔は「ははっ」と笑い声を上げてから、こう続けた。

「……だけどさ。やっぱり凍夜がいないと張り合いないわ」

「……え」

「俺たちさ、小さい頃からいつも一緒に練習してたじゃん。『今俺の方がすごかった！』とか『いや俺だし！』とか言って喧嘩しながら、競いながら。……だからなのかな。凍夜がいない今シーズンは、なんかつまんなかった」

意外な雪翔の言葉に、今度は俺が出し抜かれた気分にさせられてしまった。

「だから今は純粋に嬉しいよ。凍夜が戻ってきてくれて」

と、雪翔は破顔した。本当に嬉しそうに見える、深い微笑みだった。

なんだか気恥ずかしくなって、俺が答えに窮していると。雪翔が俺の顔を見ておや？　という顔をした。

「凍夜ピアス変えたの？　あれ……片方だけ？」

ここ何年かずっと同じピアスをつけっぱなしだったためか、金色に彩られている俺の右耳を雪翔は不思議に思ったようだった。

「うん。変えた」

「ふーん。……あれ、なんか女物っぽくない？」

元々梨依の物だったこのピアスは、シンプルなデザインだがただの輪っかではない。三つのリングが重なってねじれているような形で、たしかに雪翔が言うように女性らしいフォルムだった。

「……まあ」

「えっ、なに？　彼女のとか？　まさか、休んでいる間、女にかまけてたの？」

からかうように雪翔が言ってきた。

──かまけてたの、か。

その表現がいかにも今の俺に似つかわしくて、俺は自然と笑みが零れてしまった。

そしてこう返答する。

「そうだよ」

「え!?」

雪翔の方は冗談のつもりで言ったのに、俺が肯定したから驚いたらしい。

その時、滑走順が早い選手はハーフパイプの近くまで移動するように、と係員からアナウンスがあった。

俺は一番目だったのでそれ以上は雪翔になにも言わずに歩き出した。雪翔はまだなにか言いたそうだったけれど、滑走順があとの方らしく追いかけてはこなかった。

——俺はたぶん、もうしばしの間、君に……梨依にかまけてしまうのだろう。

しばしの間では済まなそうな気さえしている。あんな強烈な出会いと別れ、一生忘れられそうもない。

競技が始まり、スノーボードを履いた俺はスタート位置に立った。

目の前には、存在感を放つ半円型の怪物。相変わらず、俺のすべてを飲み込むように恐怖が腹の底から湧き上がってくる。

重傷を負った時のあの痛みを、死を覚悟したあの瞬間を、俺はいまだに酷く恐れていた。トラウマなんてそう簡単に消えるわけがない。

だから俺はまた、グローブ越しに右耳の金色のピアスに触れるのだ。

そして心の中でこう呟く。あの日、流星が降る夜に消えてしまった君に向かって。

――なあ梨依。今から俺、空を飛ぶから。見っててくれよな。

練習中に高く飛んだ瞬間、梨依が近くにいる気がした。

もちろん死んだ人間がそんな場所にいるはずがない。しかしあの感覚が楽しみで、嬉しくて。俺は滑る前の恐れをなんとかはねのけることが出来る。

大きく息を吸い込んで、今一度「梨依」と愛しいあの名を胸中で呼ぶ。

そして俺は、勢いよくドロップインしたのだった。

二〇××年三月二十二日　毎朝新聞朝刊
スポーツ面
全日本ハーフパイプ・優勝は室崎雪翔
全日本スキー選手権大会スノーボード・ハーフパイプ決勝が二十一日に行われ、安定した滑りを見せた室崎雪翔選手（二一）が初優勝。双子の兄で五輪銅メダリストの凍夜選手（二一）は着地の乱れなどがあり四位に終わったが、最高到達点七・五メートルのビッグエアを決め、高さで世界新記録を打ち立てた。

科学医療面

余命百食　史上初！　百食を越えた生存事例

（中略）その患者の女性になぜそんなことが起こったのかは、原因不明です。いまだ治療法の見つからないこの悪魔のような病については、さらなる研究が必要でしょう。

ここからは医師としてではなく、彼女とひとりの人間として向き合った私個人のひとりごとです。彼女は病気を宣告された時「じゃああと百食、おいしい物を食べないと」と意気込みました。そして病気の間に恋人を作り、彼と最期の日まで食事を楽しんでいました。余命が延びた時に彼女はこう言ったのです。「私がさんざん楽しんでやったから、病気が根負けしたんじゃないか」と。私も心からそう思います。前向きな患者は、医学では証明出来ないような奇跡を起こすことが、稀にあるのですから。

（和空堂大学医学部附属和空堂医院消化器内科部長・道重実（みのる）医師）

謝辞

お世話になったみなさま【敬称略】

『ヨリドコロ　稲村ケ崎本店』

『会津高原　南郷スキー場』『会津高原　南郷スキー場　センターハウス』

『キッチンきむら』

掲載を許諾してくださったみなさま、ご協力くださった方々、お世話になった方々に感謝申し上げます。


本書はフィクションであり、実在の人物および団体とは関係がありません。

余命100食

湊祥（みなとしょう）

2023年12月5日初版発行

発行者……………千葉 均
発行所……………株式会社ポプラ社
〒102-8519 東京都千代田区麹町4-2-6
フォーマットデザイン　荻窪裕司（design clopper）
組版・校閲　株式会社鷗来堂
印刷・製本　中央精版印刷株式会社

ポプラ文庫ピュアフル

ホームページ　www.poplar.co.jp

N.D.C.913/286p/15cm
ISBN978-4-591-17996-3
P8111367